LA FILLE DES TSARS

2453

2943

LA

FILLE DES TSARS

OU

LA CROIX LATINE ET LA CROIX GRECQUE

PAR

J. M. DES JOURNEAUX.

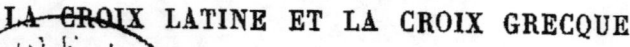

LIMOGES

BARBOU FRÈRES, IMPRIMEURS-LIBRAIRES

I

LA VILLA.

Non loin de la ville de Pétersbourg, deux hommes se promenaient en silence, dans un jardin peuplé de plantes exotiques, et appartenant à une délicieuse maison de plaisance qui se mirait dans les flots limpides de la Néva.

On était au soir d'une splendide journée de juillet; et le soleil, rasant lentement l'horizon, allait faire place au crépuscule pour reparaître au bout de quelques heures.

Des barques glissaient, nombreuses, sur les eaux du fleuve. Une brise agréable rafraichissait l'atmosphère embrasée, préludant à une de ces nuits du Nord qui laissent dans l'imagination de qui les a vues un souvenir ineffaçable.

Des fleurs à profusion ornaient les abords de la villa, qui se dressait coquettement au sein d'un oasis de verdure.

Sur les vitrages de ses fenêtres nombreuses, découpées dans les quatre faces blanches, les rayons solaires se brisaient en lames d'or.

Soudain le plus jeune des deux promeneurs s'arrêta ; et, s'adressant à demi voix en langue française à son compagnon, il lui dit avec un accent d'amertume inexprimable :

— Vous en conviendrez, prince Radziwil, on finirait par douter de la Providence s'il fallait borner son regard aux événements qui s'accomplissent ici-bas. En vérité, il est nécessaire de ne jamais oublier, par le temps qui court, l'existence d'une justice éternelle attendant les coupables au-delà du tombeau.

L'homme à qui ces paroles s'adressaient devait avoir trente-six ans à peine. Sa stature était élevée, ses membres, admirablement sculptés, avaient une rare élasticité ; son visage, marqué au type polonais, avait une mâle beauté que rehaussait encore la barbe noire dont il était orné ; ses longs cheveux noirs retombaient en boucles ondoyantes sur ses larges épaules.

Il portait avec aisance le costume national des nobles Lithuaniens ; une distinction sauvage respirait dans toute sa personne, de son regard profond jaillissaient des éclairs.

On sentait, rien qu'à le voir, qu'il était habitué au commandement, et que son intelligence, sa résolution, son courage, devaient être en harmonie avec ses forces physiques.

Son interlocuteur, encore dans la fleur de la jeunesse, était beaucoup moins grand, et formait, en plusieurs points, avec lui un contraste parfait : mince de taille, élégant, mis avec une recherche suprême, il avait néanmoins quelque chose de militaire dans la démarche et la tournure. Ses traits, fièrement accentués, accusaient un mélange de grâce et d'audace. Une moustache, noire comme ses cheveux sans poudre, se dessinait sur sa lèvre supérieure.

Ce jeune homme, modelé comme un Apollon antique, n'avait pas plus de vingt-cinq ans.

Le prince Radziwil ne répondit pas immédiatement à son interpellation.

Pourtant l'œil du Polonais darda des lueurs fauves ; ses nobles traits s'illuminèrent d'une inspiration étrange ; il sembla un instant absorbé dans la contemplation d'une vision mystérieuse.

Enfin, il enveloppa son compagnon d'un regard solennel, et il répliqua d'une voix grave :

— La vengeance divine, n'en doutez pas, comte de Lacy, attend rarement jusqu'à la mort pour châtier les crimes d'un certain ordre et de certains personnages. En parlant comme vous le faites, vous me donneriez à penser que l'histoire des odieux Moscovites vous est peu familière.

— Je crois la connaître, cependant : depuis deux ans que je suis en contact avec eux, je les ai longuement étudiés.

— Alors vous savez comment ont fini la plupart des Romanof ?

— Leur carrière a été courte, je n'en disconviens pas.

— Dites que le ciel a pris soin d'abréger leurs jours

funestes, pour constater son intervention dans les affaires humaines. Pierre III a péri, assassiné par les ordres de sa femme, Catherine II, la prostituée impériale qui gouverne les Russes aujourd'hui; Elisabeth, épuisée par la débauche et l'ivrognerie, est morte misérablement à cinquante et quelques années ; sa sœur Anne, aussi débauchée qu'elle, a succombé à quarante-sept ans ; Pierre II s'est éteint , à peine adolescent ; Catherine Iʳᵉ, la servante suédoise élevée au trône par un caprice, n'a duré que deux ans ; et Pierre Iᵉʳ lui-même, ce bourreau couronné que de vils esclaves ont surnommé le Grand, a terminé son exérable vie à cinquante-deux ans.

— C'est vrai ; mais son esprit commande encore aux Moscovites, sa race lui a survécu, et sa politique anime ses successeurs. Quand ils interrompent leurs orgies monstrueuses pour continuer son œuvre de tyrannie et d'envahissement, leurs entreprises obtiennent un insolent succès. Voilà, mon ami, ce qui m'inspirait, tout-à-l'heure, la réflexion que vous avez blâmée.

— Qui vous assure, jeune homme, que Dieu ne mettra pas un terme, bientôt, à ces prospérités qui vous étonnent et vous scandalisent !

— Dieu ! fit le comte avec un sourire attristé, il prend son temps pour intervenir !...

— Ne blasphémez pas, interrompit Radziwil avec vivacité : j'ai le pressentiment que, dans un avenir prochain, la situation de la Russie sera profondément modifiée.

— Et sur quoi reposent vos espérances ? interrogea le comte, avec l'accent de l'incrédulité.

Le Polonais parut se recueillir. Un secret, évidemment, scellait ses lèvres, et il se demandait s'il devait le révéler à son ami.

Toutefois, cette délibération intime ne fut pas longue, et il répondit :

— Mes espérances se fondent sur la famille même des Romanof.

— Quoi ! vous comptez sur le fils de Catherine, sur le grand-duc Paul, ce hideux personnage aussi disgracié d'esprit que de corps ?

— Je n'ai pas prononcé le nom de Paul. Je parle de la famille des Romanof, et nul ne pourrait affirmer que le grand-duc est fils de Pierre III. Dans ma conviction, il a pour père le chambellan Soltikof.

— Vous m'intriguez, prince ; et, à moins que le jeune Ivan, égorgé l'année dernière par les ordres de Catherine, ne soit ressuscité, je ne vois pas...

- Cependant il existe, dans l'un des palais de Pétersbourg, une jeune fille... du rang impérial.

— C'est la première fois, je l'avoue, que j'entends affirmer ce fait surprenant. Hormis Paul Petrowictch, dont vous contestez la légitimité, je croyais qu'il n'y avait plus, en Russie, de descendants de Pierre Ier.

— Vous étiez dans l'erreur...

Et, comme s'il hésitait encore devant la confidence commencée, il s'interrompit et continua la promenade suspendue depuis quelques moments.

Le comte de Lacy suivit le prince Radziwil, non sans éprouver quelque étonnement ; mais il était trop

1.

poli, et surtout trop discret pour insister, ou même pour demander la cause de la brusque interruption de la conversation.

Né en France, d'une vieille famille de la Bourgogne, il avait perdu de bonne heure ses parents, dont il était l'unique héritier.

A vingt ans, il était en possession d'une modeste fortune et d'un brevet de lieutenant dans un des régiments du roi.

Dégoûté bientôt de la corruption effrénée qui régnait jusque dans les camps, et dont l'exemple descendait du trône même, il donna sa démission au bout d'un an, et résolut de voyager pour s'instruire.

Malgré son origine aristocratique, le comte de Lacy comprenait instinctivement que le despotisme royal, tel qu'il existait dans la plupart des nations de l'Europe, était le pire des fléaux.

En cherchant un peuple où la liberté n'était point encore complétement étouffée, sa pensée s'arrêta sur l'Angleterre et la Pologne.

Mais le caractère britannique lui inspirait une antipathie profonde, tandis qu'il ressentait une vive attraction pour les Polonais.

Il partit donc pour la Pologne, et arriva à Varsovie au moment même où le prince Charles Radziwil, palatin de Vilna, venait d'être nommé par la noblesse catholique, chef d'une confédération armée.

Il y avait de longues années que la Prusse et la Russie multipliaient les intrigues et les perfides ingérences dans le gouvernement de la République, afin de le placer sous leur domination et démembrer la Pologne.

Catherine avait un parti puissant, et elle venait de faire donner la couronne à Stanislas-Auguste Poniatowski, triste personnage, n'ayant d'autre mérite que d'avoir été le favori de la tsarine, et d'être le parent des Czartoryski, chefs de la faction russe.

Bientôt, pour accroître les divisions, la Prusse et la Russie excitèrent les protestants de Pologne contre les catholiques.

De là des luttes armées.

Une confédération de la noblesse, fidèle au vieux culte des Piasts et des Jagellons se forma, dans le but de résister et au roi vassal de Pétersbourg, et aux tentatives des protestants.

Le prince Radziwil, élu maréchal de la confédération, éleva pouvoir contre pouvoir, dans son palais de Varsovie, en face du roi Poniatowski.

Immensément riche, disposant avec une fortune de cinq millions de revenu, de nombreux soldats levés dans ses domaines, le palatin jouissait d'une influence considérable.

Brave comme les anciens héros polonais, doué d'une force athlétique, hardi jusqu'à la témérité, Radziwil excitait l'enthousiasme des soldats, et le peuple acclamait le prince chaque fois qu'il paraissait en public.

Le comte de Lacy, à peine arrivé à Varsovie, se mit en relations avec le maréchal de la diète, dont le nom retentissait d'un bout à l'autre de la Pologne, et il lui offrit ses services.

Le prince accueillit avec faveur le jeune Français, et l'attacha à sa personne.

Radziwil avait perdu sa femme trois mois auparavant, et n'avait pas d'enfants.

Il conçut une amitié ardente pour le comte de Lacy, qui devint son compagnon inséparable.

Les confédérés polonais finirent par attaquer les Russes campés auprès de Varsovie, et ils invoquèrent le secours de la Turquie.

Le sultan fit marcher trois cent mille hommes vers la Pologne.

Les armées russes couvrirent les frontières de l'empire, depuis Azot jusqu'à Chokzim. Au premier combat sous les murs de cette place, le général de Catherine, le prince Galitzin, fut précipité dans le Dniester par les Ottomans.

Les confédérés polonais, en s'unissant en ce moment aux Turcs, auraient facilement purgé leur patrie de l'occupation moscovite, mais la France, dont ils imploraient les subsides, leur refusa l'or nécessaire à l'armement du pays.

L'armée ottomane, deux fois victorieuse, reflua, après dix mois de combats, en Moldavie.

Dès lors, la tsarine et le roi de Prusse, Frédéric II, négocièrent ouvertement le partage de la Pologne, dont ils entretenaient les divisions intestines.

Le prince Radziwil, forcé de fuir en Turquie, resta deux ans à Constantinople, frémissant de rage d'être réduit au repos, quand sa patrie agonisait.

Le comte de Lacy l'avait suivi dans son exil.

Pour un motif inconnu, mais qui se dévoilera sans

doute , il s'abstint de toute intrigue , de toute immixtion, même indirecte, dans les affaires de son pays.

Catherine, qui le faisait surveiller, le croyant apaisé,
l'informa qu'il pouvait rentrer en Pologne , et même
venir en Russie, si cela lui était agréable.

Radziwil accepta, feignant une reconnaissance sincère pour les faveurs de la tsarine.

Le comte de Lacy, étonné, lui témoigna combien il
trouvait étran e la facilité avec laquelle il accueillait
la proposition de ses ennemis.

— Patience! lui répondit le palatin: vous ne tarderez pas à savoir quelles raisons sérieuses ont dicté
ma conduite. J'ai un plan terrible, que je vous dévoilerai quand il sera temps, et vous reconnaîtrez alors
que ma haine pour les Moscovites n'a pas diminué.

Le jeune homme avait une confiance sans bornes
dans le prince Radziwil, et il s'abstint de l'interroger
davantage.

Ils quittèrent ensemble la Turquie , passèrent quelques mois en Lithuanie, où le palatin avaient d'immenses domaines, et se rendirent ensuite en Russie.

Au moment où commence cette histoire , le prince
Radziwil et le comte de Lacy occupaient depuis trois
mois la charmante villa dont nous avons parlé.

Le palatin avait amené avec lui de nombreux serviteurs lithuaniens dont le dévouement éprouvé lui offraient pleine sécurité.

Il fréquentait assidûment la cour de Catherine, qui
le distinguait et cherchait à se l'attacher complètement.

Le comte de Lacy, introduit par son ami dans la

société moscovite, ne savait par fois que penser au sujet du prince. A diverses reprises, il lui avait exprimé sa situation d'esprit, et la crainte qu'il ne se laissât séduire par l'astuce moscovite.

Radziwil se contentait de sourire à ces communications, et il répondait ordinairement :

— Ayez confiance en moi, comte : je les connais, et rien ne vaincra la haine que je leur ai vouée. Dans peu vous apprendrez ce que je médite, et vous comprendrez que je ne reste point aussi indifférent que je le parais aux maux de ma patrie.

En effet, le palatin s'absentait souvent, sans que le comte de Lacy sût où il allait. Fréquemment aussi des émissaires pénétraient furtivement, de nuit, dans la villa, et on les admettait sur-le-champ en présence de Radziwil.

Les choses en étaient là, à l'heure ou débute notre récit.

La conversation que nous avons rapportée, n'était que la continuation d'un entretien commencé depuis quelque temps déjà, entre les deux promeneurs.

Cet entretien avait roulé sur les affaires de Pologne.

La Russie et la Prusse, associant l'Autriche à leurs projets criminels de démembrement, se préparaient à commencer promptement la grande iniquité de l'assassinat d'une nation.

Rien, en Europe, ne pouvait entraver leur ambition : la Suède, impuissante, n'était plus à craindre ; la France, avilie, dégradée par le règne infâme de

Louis XV, n'osait plus élever la voix, car son influence avait péri.

La perte de la Pologne semblait irrémédiable, et ses plus illustres enfants, découragés, ne songeaient même pas à chercher dans une lutte désespérée le triomphe de la cause nationale.

Le misérable roi, créature de Catherine, déhonorant le trône des Jagellons et de Sobieski, était prêt à déposer la couronne au premier signe de son ancienne maîtresse.

Cependant Radziwil, seul peut-être parmi la noblesse polonaise, projetait de soustraire son pays aux suites de la catastrophe imminente.

Au fond du cœur de l'illustre lithuanien, un secret formidable était enseveli.

Au moment de le révéler à son ami, le comte de Lacy, il l'avait retenu sur ses lèvres, nous l'avons dit.

Il se promena un quart d'heure en silence, dans l'allée qui, de la façade de la villa, aboutissait à la grille séparant le jardin de la rive du fleuve.

Le palatin était en proie à une agitation extrême.

Son compagnon, suivant tous ses mouvements, attendait qu'il s'expliquât ou engageât une autre conversation.

A la fin, Radziwil, prenant une résolution subite, saisit le bras de son ami, l'entraîna sur le perron de la villa, et le mena, sans dire un mot, dans son cabinet luxueusement meublé, décoré de tableaux rares, et garni d'une bibliothèque choisie avec soin.

Ayant fermé la porte avec précaution, il s'assit sur un sofa, et fit signe au comte de se placer à son côté.

— Le moment est venu, ami, lui dit-il d'une voix lente et solennelle, de vous initier entièrement à mes vues, car j'ai besoin de votre concours pour les réaliser.

Je vous ai appris, et je répète qu'il existe une femme du sang impérial des tsars. La couronne de Russie lui appartient avant le fils problématique de Pierre III, car elle descend directement de la dernière impératrice.

— Elisabeth? fit le comte de Lacy.

— Oui, Elisabeth est sa mère.

— Alors c'est une bâtarde?

— Nullement: la tsarine Elisabeth avait épousé clandestinement Alexis Razomouski, un ancien soldat aux gardes, qu'elle éleva plus tard à ia dignité de maréchal ; et la jeune fille en question est issue de ce mariage.

— Quel âge a t-elle?

— Elle est née en 1755, et nous sommes en 1770.

— En ce cas elle a quinze ans.

— Précisément.

— Où réside-t-elle?

— A Pétersbourg, au palais Anichkof.

— Et Catherine, le sait-elle ?

— Parfaitement.

— S'il en est ainsi, comment n'a-t-elle point pris encore ombrage de ce rejeton de Pierre I er ?

— Rien, jusqu'ici, ne lui a fait craindre une rivale

dans la jeune fille qui porte, comme sa mère, le nom d'Elisabeth.

— Etes-vous bien sûr, prince, des renseignements que vous avez recueillis ?

— Ils sont irrécusables ; et, moyennant le document que je me suis procuré, je puis, quand je le voudrai, prouver ce que j'avance.

— Je vous crois volontiers sur parole. Mais quel parti prétendez-vous tirer de ce que vous connaissez au sujet d'Elisabeth ?

— Avec le nom de cette jeune fille je tenterai de provoquer une révolution en Russie.

— Il faudrait dabord qu'elle fût en votre pouvoir.

— C'est à quoi je travaille.

— Je suppose que vous atteigniez votre but, qu'en résultera-t-il pour la Pologne ? les tsars ou tsarines n'ont-ils pas toujours poursuivi opiniatrément la même politique à l'égard de votre malheureuse patrie ?

— Je ne vous ai pas tout dit : Elisabeth a été élevée à une autre école que ses ancêtres... elle a auprès d'elle une gouvernante de votre pays... catholique, par conséquent, et sympathique à la Pologne.

— Eh bien ?

— Cette femme, intelligence élevée, cœur dévoué et courageux, a instruit son élève dans la foi romaine, sans lui parler du trône auquel Elisabeth a droit; elle lui a fait voir, l'histoire à la main, que Pierre Ier et ses succeseurs avaient rompu avec les idées des premiers Romanof.

Un évêque russe, réconcilié avec Rome, avait gagné la confiance du tsar Alexis, père de Pierre Iᵉʳ, qu'il convertit secrètement au catholicisme. Le prélat baptisa le dernier des fils du prince, et lui donna un nom inconnu dans les annales moscovites, le nom de Pierre, en signe que le nouveau-né rattacherait la Russie à l'église de Rome.

La mort du vieil Alexis arriva, des intrigues de palais survinrent, et l'œuvre de l'évêque fut détruite.

Cependant Pierre parut longtemps hésiter entre les deux rites chrétiens, non pas qu'il se souciât de la religion, mais parce qu'il ignorait lequel des deux cultes, grec ou romain, servirait le mieux ses projets politiques.

Il opta pour le schisme.

A dater de ce jour, la Pologne catholique eut dans la Russie une irréconciliable ennemie.

Notre nationalité et notre foi sont inséparables.

En tuant l'une, les Moscovites détruiront l'autre, cette conséquence est inévitable.

Or, avec un peuple servile, comme les moscovites, une princesse catholique, conseillée par des hommes énergiques, sera ce qu'elle voudra. Par son influence, une ère nouvelle, peut s'ouvrir pour la Russie, et notre indépendance sera sauvegardée.

— Ces espérances sont belles, mais comment les mener à bonne fin ? Catherine est solidement établie, sur son trône sanglant et usurpé, tandis qu'Elisabeth n'est même pas connue des Russes.

— J'ai réfléchi sérieusement aux obstacles en apparence insurmontables, et je me suis préoccupé de les briser.

D'abord, il faut enlever Elisabeth de Pétersbourg, et la conduire en lieu sûr, à Rome par exemple. J'intéresserai à son sort les princes de l'église, le pontife, les souverains de l'Italie. Au moyen de l'or, je renouerai une trame secrète avec les mécontents de la Russie, je ferai prononcer, dans les provinces, le nom de la fille légitime des tsars, tout en rappelant que Catherine n'est qu'une étrangère, une princesse allemande, souillée du sang de son époux et de celui d'Ivan, un autre membre de la famille impériale.

Avec le temps, il me semble que le résultat n'est point improbable.

Le comte de Lacy ne put cacher l'intérêt qu'il prenait à ce plan véritablement audacieux.

Le prince Radziwil ajouta :

— Plusieurs fois déjà j'ai pénétré dans le palais où demeure Elisabeth, que l'on connaît sous le nom de princesse de Tarakanof, et j'ai été frappé des qualités qui brillent dans la jeune fille.

Sa gouvernante, veuve depuis longues années, est une femme du plus grand mérite; elle a auprès d'elle une fille un peu plus âgée que la princesse et devenue son amie.

Je vous invite, comte, si vous le désirez, à m'accompagner demain soir au palais Anichkof: vous jugerez par vous-même si je m'abuse au sujet de la descendante des tsars.

— Je ferai volontiers cette visite, déclara le jeune homme dont l'esprit aventurier était loin de s'effrayer des perspectives que lui ouvrait le palatin.

— D'ailleurs, reprit ce dernier, si vous tenez à suivre ma fortune , il importe que vous étudiez avec moi les moyens les plus propres à accomplir le projet que je viens de vous exposer. C'est une entreprise excessivement grave, et il ne faut rien négliger pour en assurer le succès.

L'entretien se prolongea longtemps encore, et les deux amis ne se séparèrent que fort avant dans la nuit.

Le comte Armand de Lacy avait son appartement dans une aile de la villa, et plusieurs valets du prince étaient attachés à son service.

II

AU PALAIS ANICHKOF.

Le lendemain, après le coucher du soleil, le prince Radziwil et le comte de Lacy entraient dans Pétersbourg en longeant le bord de la Néva.

Ils cheminaient silencieux, et passaient comme des ombres à côté des rares promeneurs.

Enfin ils s'engagèrent sur le principal port jeté sur

le fleuve, pour parvenir à l'autre rive, où s'élevait le palais Anichkof.

A cette heure, l'aspect de la ville était d'un effet singulier et bien difficile à décrire; la beauté du tableau ne consistait pas dans les lignes, puisque le site est entièrement plat; elle était dans la magie vaporeuse des nuits du nord, lumineuses et remplies d'une poétique majesté.

Du côté du couchant, la ville restait sombre; la ligne tremblante qu'elle dessinait à l'horizon ressemblait à une large tache noire sur un fond blanc.

Ce fond, c'était le ciel de l'occident, où le crepuscule luit longtemps après que le soleil a disparu, tandis que, par un effet contraire, la même lueur illuminait au loin les édifices des quartiers opposés, dont les élégantes façades se détachaient en clair sur une partie du ciel de l'orient, moins transparente et plus profonde que celle où brillait la gloire du couchant.

La lente dégradation des teintes du crépuscule, qui semblait perpétuer le jour en luttant contre l'obscurité toujours croissante, communiquait à la nature un mouvement mystérieux.

Les terres basses de la ville, avec leurs édifices peu élevés sur la rive de la Néva, semblaient osciller entre le ciel et l'eau : on eût dit qu'elles allaient disparaître dans le vide.

Les flèches aiguës des tours et des clochers, dorées selon l'usage national, nageaient dans le vague de l'air, sous un ciel ni noir ni clair; lorsqu'elles ne s'y détachaient pas en ombre, elles brillaient de mille reflets, semblables à la moire des écailles du lézard.

Une auréole nacrée, fixée sur l'horizon, se réverbérait dans le fleuve qui paraissait sans courant, tant la soirée était calme.

La Néva, ainsi éclairée, ressemblait à une immense plaque de métal, et la ville seule séparait cette plaine argentée du ciel blanc.

Les deux amis traversèrent lentement le pont, prirent une rue à droite, et s'arrêtèrent bientôt devant la façade sombre d'un palais.

La porte s'ouvrit au premier coup de marteau. Les tardifs visiteurs paraissaient attendus.

Un valet leur fit traverser la cour en les précédant, et les introduisit dans un vaste vestibule, discrètement éclairé.

Parmi les serviteurs qui s'empressaient autour d'eux, le comte de Lacy crut reconnaître plusieurs hommes qu'il avait vus, naguère, chez le prince Radziwil.

Il en conclut que les rapports entre la princesse et le palatin étaient intimes, et il admira comment son compagnon avait su nouer déjà les premiers fils de la trame dont il avait, la veille, déroulé sommairement le cadre.

Un magnifique salon s'ouvrit, splendidement éclairé, et un valet annonça :

Le prince Radziwil et le comte de Lacy !

A ces deux noms, trois femmes, assises autour d'une table chargée de livres et de tapisseries, se

levèrent pour aller à la rencontre des nouveaux
venus.

Celle qui semblait être la maîtresse de la maison,
s'avança gracieusement au-devant d'eux, et tendit la
main au palatin, qui la baisa en s'inclinant respectueusement.

Le comte de Lacy en fit autant.

Puis, les deux visiteurs saluèrent les deux autres
dames.

La première, qui était réellement la princesse Tarakanof, ne démentait point la réputation tradition-
nelle des filles de la race des Romanof. Sa beauté
éblouissante était encore rehaussée par une douce
majesté brillant sur ses traits ; elle avait la taille et le
port d'une reine ; une candeur charmante, répandue
sur son visage, inspirait aussitôt la sympathie.
Blonde comme la plupart des femmes du Nord, elle
avait une chevelure opulente et soyeuse, nouée négligemment autour de sa tête charmante.

Une longue robe blanche, serrée par une ceinture
d'or et de soie bleue, formait toute sa parure.

Sa gouvernante, madame de Vigneulles, reposait sur
elle un regard maternel. Malgré ses quarante-cinq
ans, elle possédait encore une partie de sa beauté
d'autrefois. Moins grande que la princesse, surchargée
d'un léger embonpoint, elle se distinguait par un air
de bonté et de dignité frappant.

Près d'elle apparaissait sa fille, âgée de dix-huit
ans, la compagne inséparable d'Élisabeth. Marie de
Vigneulles unissait à la grâce française une élégance
achevée, qui faisait valoir les proportions réduites de

sa stature. Ses yeux intelligents, sa bouche souriante et merveilleusement sculptée, son front couronné d'une forêt de cheveux noirs, comme d'un brillant diadème, lui donnaient un air piquant et plein d'attraits.

Au premier abord, elle fascina le comte de Lacy, dont le regard ne se détacha qu'avec regret du visage de la jeune fille.

Sur l'invitation de la princesse, le palatin et son compagnon s'assirent en face des trois femmes.

Le prince engagea le premier la conversation, en s'adressant à Élisabeth.

— Madame, dit-il, j'ai pris la liberté de vous amener, ce soir, l'homme dont je vous ai parlé plusieurs fois, M. le comte de Lacy, qui, depuis quatre ans, a partagé toutes les vicissitudes de ma fortune, et pour lequel je n'ai point de secret. Vous pouvez avoir confiance en lui comme en moi.

— Qu'il soit le bien-venu ! répliqua la princesse d'une voix douce et harmonieuse.

— Sa présence ici est nécessaire, Madame, car vous me permettrez de le dire, il faut que nous prenions une prompte détermination.

— Qu'y a-t-il de nouveau, s'écrièrent à la fois Élisabeth et madame de Vigneulles.

— Rien qui doive vous inquiéter actuellement; mais je crois sage de prévenir ceux qui ont intérêt à supprimer vos droits.

— La tsarine craindrait-elle donc quelque complot de ma part?

— Non, que je sache en ce moment. Toutefois, entourée de scélérats et d'intrigants comme elle l'est, armée d'une police soupçonneuse, elle peut, d'un jour à l'autre, fixer son attention sur ce palais, et, alors, toute tentative pour lui échapper deviendrait bien difficile.

— Que me conseillez-vous donc? demanda la jeune fille alarmée ?

— De fuir.

— Mais où aller?

— Avez-vous confiance en moi, Madame?

— Entièrement.

— Eh bien ! laissez-moi le soin de préparer votre départ et de vous conduire hors de ce pays.

— Vous pensez à la Pologne, sans doute?

— Hélas ! soupira le palatin, ma patrie est aux mains des Russes, et ce serait risquer votre précieuse vie que de vous mener au milieu de mes compatriotes. Le temps n'est pas venu où ils pourront vous prêter leur concours.

Madame de Vigneulles écoutait en silence ce grave dialogue ; et, quoique son élève l'interrogeât souvent du regard, elle se taisait. C'est que Radziwil l'avait initiée à une partie de ses projets, et ils étaient convenus ensemble que le palatin agirait seul d'abord sur l'esprit de la princesse.

Celle-ci, de plus en plus préoccupée, voulut connaître les moyens qu'emploierait le Polonais pour la soustraire au mauvais vouloir de la tsarine.

— Demeurez en paix, Madame, recommanda évasiment Radziwil. Comptez sur mon zèle... sur mon dévouement, sur ma fortune aussi. Dieu favorisera nos

La fille des tsars. 2

desseins; il vous ramènera un jour, triomphante, pour occuper le trône de vos ancêtres. Ce jour-là, je n'implorerai de vous qu'une faveur, pour prix de mes services...

— Laquelle ?

— Une alliance éternelle entre la Russie et la Pologne.

— Qui pourrait refuser une requête aussi légitime !

— D'ailleurs, je compte sur les catholiques de mon pays pour soutenir, en votre nom, la revendication de l'empire : votre titre de fille des tsars, les armes de mes compatriotes, le mécontentement provoqué par Catherine, vous aplaniront les voies, et je ne doute pas que, dans un avenir prochain, vous n'ayez reconquis le rang auquel vous appelle votre naissance.

Voilà, Madame, ce que j'avais à vous dire aujourd'hui. Tenez-vous prête à partir au premier signal, et surtout veillez à ce que rien ne transpire.

— Ne craignez pas que le secret soit compromis, prince ; je fréquente peu la société de Pétersbourg, et vous connaissez la fidélité de mes serviteurs, puisque je les tiens presque tous de votre main.

— Oui, excepté deux dont les allures suspectes ont éveillé plusieurs fois mon inquiétude.

— Vous voulez parler de Druitri et de Vasili? dit madame de Vigneulles.

— En effet : ils sont entrés dans ce palais au commencement du règne de Catherine, et je crains qu'ils ne soient ici les espions de la tsarine.

— Pourtant, observa Elisabeth, nous n'avons jamais eu le moindre reproche à leur adresser.

— Quoi qu'il en soit, défiez-vous de ces deux hommes. Quelques-uns de mes émissaires prétendent les avoir surpris en conférence avec des affidés du palais impérial.

— Ne serait-il pas prudent de les renvoyer? interrogea madame de Vigneulles.

— Gardez-vous-en bien ; ce serait confirmer les soupçons, s'il en existe déjà dans l'esprit de Catherine. Surveillez-les, tenez-les à distance à l'heure de nos entrevues ; et, au besoin, si vous découvriez quelques démarches suspectes de leur part, faites-moi avertir immédiatement.

— Ce soir, j'ai donné l'ordre à Jean, le valet que vous nous avez procuré il y a deux mois, de les retenir dans une autre partie du palais.

— A l'avenir, reprit le palatin, je viendrai plus rarement ; vous me verrez seulement quand j'aurai quelque chose de grave à vous annoncer. Encore, me ferai-je remplacer, autant que possible, par le comte de Lacy...

Le prince Radziwil fut interrompu, en ce moment, par l'apparition de Jean, le serviteur dont madame de Vigneulles venait de parler.

C'était un Polonais de quarante ans environ, de taille ordinaire, à la figure intelligente, à l'air loyal.

Il pénétra dans le salon tout effaré, et, s'adressant au palatin :

— Prince, dit-il d'un air inquiet, Druitri vient de disparaître.

— Comment cela? fit Radziwil en tressaillant.

— Selon les ordres de madame de Vigneulles, je

2.

lui avais prescrit de se rendre dans le pavillon méridional du palais, pour mettre en ordre, avec un de nos camarades, les chambres réparées dernièrement. A peine y était-il, qu'il s'est esquivé, et j'ai des raisons de croire qu'il est sorti, un peu après l'arrivée du prince.

Les trois femmes pâlirent.

— Nous sommes espionnés, et peut-être vendus, à cette heure, murmura Élisabeth.

Mais le palatin avait recouvré tout son sang-froid.

— Rassurez-vous, Madame, dit-il : il n'est pas au pouvoir d'un misérable de disposer de votre destinée; j'ai tout prévu, même la trahison.

— Si cet homme parle, cependant; s'il vous a vu... ?

— Il ne parlera pas, déclara le prince avec assurance.

Ces affirmations calmèrent à moitié les trois femmes.

Madame de Vigneulles elle-même, bien que connaissant l'habileté et la prudence de Radziwil, tremblait, non pas pour elle-même, mais pour sa pupille impériale.

Le palatin, congédiant Jean du geste, lui dit comme s'il eût commandé dans ce palais :

— Va, mon ami. Ne perds pas de vue la porte de cette maison, et préviens-nous, s'il se produit quelque nouvel incident.

Le valet se retira.

Madame, ajouta Radziwil en s'adressant à Élisabeth, permettez-nous de rester ici encore quelques instants. Si le drôle qu'on vient de dénoncer a réellement quitté cette demeure, je serais fort surpris que nous n'eussions pas bientôt de ses nouvelles.

Personne, pas même le comte de Lacy, ne comprit sur le moment la portée des paroles du prince.

Celui-ci avait recouvré toute sa sérénité, et ne paraissait aucunement se préoccuper de ce qui s'était passé.

Seulement, il en prit occasion d'insister encore sur la nécessité d'une prompte résolution.

— Nous n'avons absolument rien à craindre, jusqu'à présent, poursuivit-il ; mais il ne faut pas tenter la fortune outre mesure.

Puis, s'adressant directement à la princesse, il ajouta :

— Si vous êtes déterminée, Madame, mes préparatifs seront bientôt achevés.

— Je m'en remets à vous complétement, répondit Élisabeth. Cependant, il est un point que je tiendrais à éclaircir :

— Parlez en toute liberté, Madame : vos désirs seront une loi pour moi, s'il m'est possible de les réaliser.

— Si je fuis, madame de Vigneulles et sa fille m'accompagneront-elles ?

— Toutes deux vous rejoindront, voilà tout ce que je puis promettre.

— Pourquoi ne me suivraient-elles pas, à mon départ ?

— C'est qu'il sera peut-être bien malaisé de faire quitter ce palais à trois personnes à la fois.

— S'il en est ainsi, prince, je me déciderai difficilement à partir seule.

— Pourquoi, Madame, cette répugnance, lorsqu'il s'agit de votre salut ?

— Vous ne songez pas que je n'ai que quinze ans. Or, il ne me paraît pas convenable de m'évader seule, dans ces conditions : mon honneur en recevrait une atteinte mortelle.

Radziwil n'avait pas compté avec les scrupules de la jeune fille, et il montra quelque embarras. Toutefois, il ne tarda pas à se remettre; et voici quelle proposition il fournit à la princesse :

— Je vous parlerai, Madame, avec la franchise d'un soldat : j'approuve vos observations, mais j'oserai vous indiquer un moyen qui tranchera vos hésitations. Une fois en lieu sûr, voulez-vous qu'un acte solennel unisse indissolublement nos destinées, et que je devienne votre protecteur légitime ?

— Expliquez-vous, répliqua Élisabeth.

— En un mot, reprit le palatin, croyez-vous que l'alliance d'un noble Lithuanien n'est pas trop indigne du sang qui coule dans vos veines ?

La princesse, émue, interdite, leva les yeux sur madame de Vigneulles, qui répondit en ces termes à la muette interrogation de sa pupille :

— Ma fille, écoutez les inspirations de votre cœur, et prononcez-vous sans crainte.

Élisabeth, sans une parole, tendit la main au prince de Radziwil, qui mettant un genou en terre, la baisa avec transports.

— Vous n'avez plus d'objections maintenant ? s'enquit-il.

— Aucune, murmura la jeune fille.

En ce moment, Jean reparut à la porte du salon. Il s'approcha du palatin et lui glissa un mot à l'oreille.

— Fais entrer, dit le prince.

Jean sortit, et reparut presque aussitôt avec un jeune homme pâle, à la barbe naissante, aux yeux doux, mais à l'air résolu.

Radziwil, interpellant immédiatement le nouveau venu, lui demanda :

— Qu'as-tu appris, Ladislas ?

— Maître, selon vos ordres, je veillais, dans la rue, aux abords de ce palais. Peu après votre arrivée, je vis sortir un homme, en qui je reconnus Druitri.

Je me blottis contre le mur, dans un angle sombre, et je le vis courir du côté du palais impérial.

Je le suivis de loin ; puis je hâtai le pas, quand il approcha de la demeure de la tsarine. Au moment où il se disposait à entrer, j'étais derrière lui, le poignard à la main.

Heureusement, malgré l'obscurité, je pus distinguer celui qui l'introduisait, c'était Adam Biaréf, un de vos serfs entré, naguère, au service de Catherine.

Je restai dehors, collé contre la porte, l'oreille tendue.

Biaref demanda à Druitri ce qu'il voulait.

Le misérable déclara que vous étiez, en compagnie du comte de Lacy, chez la princesse Tarakanof.

— Qu'ai-je à voir à cela ? répliqua brusquement Biaref.

— C'est que j'ai reçu l'ordre, au nom de la tsarine, de dénoncer le prince Radziwil chaque fois qu'il pénètrerait dans ce palais.

— Tu fais là un vilain métier, reprit Biaref. Je connais l'impératrice, et elle n'a jamais pu donner une pareille mission à un misérable tel que toi. Ne t'avise plus d'apporter de tels messages, tu t'en trouverais mal.

Et il le repoussa hors du palais.

Druitri, déconcerté par cette réception, reprit le chemin de cette demeure à pas lents.

Je le suivis de nouveau ; et, arrivé dans un endroit désert, je sautai sur lui, en lui mettant mon poignard sur la gorge.

— Scélérat, lui dis-je, tu trahis ta maîtresse, mais tu vas expier ce crime.

Il essaya de crier : mais, pressant légèrement la pointe de l'arme, je lui fermai la bouche de l'autre main, et repris :

— Un cri, un mot, un seul, et tu es mort ! Écoute, je t'épargnerai aujourd'hui, mais retiens bien ceci : — Tu vois que plusieurs paires d'yeux sont ouverts sur toi ; ne l'oublie plus. Si tu avais le malheur de recommencer, tu n'échapperais pas à la mort

En achevant ces paroles, je le lâchai.

Il regagna, tremblant, ce palais, où il vient de rentrer.

Désormais Druitri n'est plus à craindre, car il est plus lâche encore que méchant.

— C'est bien, Ladislas, fit le palatin : je me souviendrai de ton dévouement. Continue de veiller att ntivement; tes camarades et toi recevrez, en leur temps, la récompense que vous méritez.

Et Radzivil congédia son serviteur.

Alors, se retournant vers la princesse de Tarakanof et vers madame de Vigneulles :

— Jugez, Mesdames, reprit-il, si ma police est bien faite. Vous le voyez, mes hommes sont actifs, intelligents, et ils occupent bravement les postes que je leur ai confiés. Je ne crains pas Catherine, du moins actuellement.

Les trois femmes et le comte de Lacy avaient assisté à cette scène avec une stupéfaction inexprimable.

Elle leur donnait la mesure de l'adresse et du pouvoir de Radziwil.

Au fond de la villa, où la tsarine croyait le faire espionner, il avait des intelligences jusque dans le palais impérial, et nul ne s'en doutait.

Comme madame de Vigneulles lui témoignait son étonnement de ce qu'elle venait de voir, il dit :

— Si je n'avais pas plus de scrupules que Catherine, d'un geste je la ferais immoler dans son palais. J'ai des affidés même sur les marches de son trône.

— Comment vous y prenez-vous pour être si bien servi ? demanda la gouvernante.

Le palatin sourit.

— D'abord, répliqua-t-il, je sais choisir mes hommes. Ensuite, je répands l'or à pleines mains. Avec ces deux procédés qui se complètent l'un par l'autre, on est sûr de la fidélité de ceux qu'on emploie.

Ce n'était pas la première fois qu'Élisabeth voyait Radziwil; mais elle n'avait point encore été à même

2.

de mesurer le génie audacieux du noble Polonais. Elle conçut pour lui une admiration sans bornes , et son cœur ratifia pleinement la promesse qu'elle avait faite, tout à l'heure, de sa main.

Le comte de Lacy, bien qu'il fût depuis quatre ans le compagnon et l'ami intime du palatin, ne connaissait point à fond les ressources de son esprit.

Oubliant un instant Marie de Vigneulles, qui n'avait cessé d'occuper sa pensée toute la soirée, il s'écria :

— Palatin de Vilna, vous êtes un homme prodigieux. Avec vous, le succès est certain. Je ne doute plus, maintenant, de la perte de Catherine, ni du rétablissement de l'indépendance polonaise. Je vous appartenais par l'amitié et la confraternité des armes ; maintenant je suis à vous, aveuglément, et je serai fier d'agir sous vos ordres.

— La partie commence à peine, répondit modestement Radziwil, et nous ne devons pas chanter trop tôt victoire.

Ensuite , se levant pour prendre congé de la princesse :

— Madame, ajouta-t-il, demain, jour de réception au palais impérial, je verrai la tsarine. Avez-vous quelque chose à lui mander ?

— Non, prince, répondit Élisabeth sur le même ton. Si j'avais une grâce à solliciter, c'est à vous-même que je la demanderais, car vous me semblez plus puissant que Catherine dans Pétersbourg.

— Il est vrai, reprit le palatin en souriant, que mes gardes ne sont point enrégimentés comme les siens, mais ils n'en sont pas moins intrépides et vigilants, vous en avez la preuve.

Quelques minutes après, le prince Radziwil et le comte de Lacy quittaient le palais Anichkof, et reprenaient le chemin de la villa.

Comme ils atteignaient l'extrémité du pont, pour gagner l'autre rive de la Néva, une ombre se dressa tout à coup devant le palatin.

— Maître, lui souffla-t-on à l'oreille, quelques hommes de police rôdent autour de votre maison.

— Soupçonnent-ils mon absence?

— Je le crains.

— Combien sont-ils?

— Quatre ou cinq.

Le prince réfléchit un instant.

Puis, s'adressant à l'homme qui venait de lui donner cet avis, il ajouta :

— Retourne chez moi; surveille ces hommes, nous irons passer le reste de la nuit au faubourg, dans la maison que tu sais. Demain, dès qu'ils auront déguerpi, tu me le feras connaître !

— Maître, il suffit.

Le palatin et le comte de Lacy, retournant aussitôt sur leurs pas, se dirigèrent vers l'un des faubourgs les plus pauvres de la ville, et pénétrèrent dans une maison de misérable apparence, où Radziwil paraissait familier.

On y trouva plusieurs hommes qui semblaient l'attendre, et qui s'empressèrent de le conduire, lui et son compagnon, à un appartement modeste, mais parfaitement tenu.

III

LA COUR DE CATHERINE II.

Le jour suivant, un peu avant le lever du soleil, c'est-à-dire trois heures seulement après que Radziwil et le comte de Lacy étaient entrés dans la maison dont nous avons parlé, l'homme qui avait parlé au prince, la veille, sur le pont de la Néva, se présenta devant son maître.

— Les agents de police, dit-il, ont disparu : la route est libre, vous pouvez retourner à votre villa.

— En ce cas, partons, dit le palatin.

Et il se hâta de s'habiller.

Le comte de Lacy était déjà près.

Une heure plus tard, les deux amis se retrouvaient à la villa.

Le soir, le prince Radziwil commanda son équipage, et se rendit en grande pompe, avec le comte de Lacy, au palais impérial.

Rien de plus splendide que la demeure de la tsarine : on avait prodigué là toutes les richesses de l'Orient et de l'Occident.

La façade extérieure du palais, du côté du jardin, était ornée, dans toute sa longueur, d'un portique grec.

Les entre-colonnements de cette galerie extérieure étaient illuminés par des groupes de lampions d'un effet original.

Ces lampions étaient de papier, et ils avaient la forme de tulipes, de lires, de vases.

C'était élégant et nouveau.

La lumière des groupes de lampions reflétait d'une manière pittoresque sur les colonnes du palais et jusque sur les arbres du jardin.

Du fond des massifs, plusieurs orchestres exécutaient des symphonies militaires et se répandaient au loin avec une harmonie admirable.

Dès bouquets d'arbres, illuminés à feux couverts, produisaient un effet charmant ! rien de fantastique comme la verdure éclairée pendant une belle nuit.

L'intérieur de la grande galerie où l'on devait danser, était tapissé avec un luxe merveilleux ; quinze cents caisses et pots de fleurs des plus rares formaient un bosquet odorant.

On voyait, à l'une des extrémités de la salle, au plus épais d'un taillis de plantes exotiques, un bassin d'eau fraîche et limpide d'où jaillissait une gerbe sans cesse renaissante.

Ces jets d'eau, éclairés par des faisceaux de bougies, brillaient comme une poussière de diamants et rafraîchissaient l'air toujours agité par d'énormes branches de palmiers humides de pluie et de bananiers luisants de rosée.

On aurait dit que toutes ces plantes étrangères, dont la racine était cachée sous un tapis de verdure, croissaient là dans leur terrain, et qu'on se promenait dans les forêts des tropiques.

L'éclat de cette magnifique galerie était centuplé par une profusion de glaces.

Les fenêtres donnant sur le portique étaient toutes grandes ouvertes, à cause de la chaleur excessive de cette soirée d'été.

Le comte de Lacy, qui devait être présenté à l'impératrice, fut conduit par le prince Radziwil dans un des salons que Catherine devait traverser pour aller ouvrir le bal

Ce salon précédait la grande galerie.

Ils attendirent assez longtemps l'apparition de la tsarine.

Enfin on annonça la souveraine de la Russie. Catherine était encore dans tout l'éclat de sa beauté.

Ses traits, dont la majesté se tempérait par le désir de plaire, offraient l'ensemble le plus séduisant ; ses yeux, d'un brun changeant, avaient ces reflets qui échappent au peintre, et qui varient à l'infini l'expression de la physionomie ; elle avait le front large et ouvert, le sourcil légèrement dessiné, le nez demi-aquilin, et la bouche fraîche et gracieuse ; son menton, un peu allongé, se doublait à la naissance du cou, comme celui d'Agrippine ; elle avait la gorge d'une grâce remarquable. Ses cheveux châtains étaient relevés à l'antique, et accompagnaient admirablement l'effet général de ses traits.

Sa taille était moyenne, mais l'élévation de son buste la faisait paraître grande.

Ce soir-là, elle brillait de tout l'éclat des diamants

conservés dans le trésor des tsars, et elle apparaissait comme la divinité de ce palais.

Elle s'avançait appuyé sur le bras de Grégoire Orlof, le complice de l'assassinat de Pierre III, et ces deux grands criminels semblaient porter légèrement la responsabilité du crime.

Une foule d'officiers aux uniformes éclatants, et plusieurs dames d'honneur accompagnaient l'impératrice.

Le Grand-maître des cérémonies de la cour s'approcha pour présenter le comte de Lacy.

Catherine l'accueillit gracieusement, comme elle faisait toujours pour les étrangers, et elle échangea rapidement avec lui quelques paroles.

— Comte, lui-dit-elle, vous êtes depuis peu à Pétersbourg, et vous regrettez, sans doute, les splendeurs de Versailles.

— Il y plusieurs années, madame, répliqua le gentilhomme, que j'ai quitté la France. Quant à la cour, j'avoue que je l'ai peu fréquentée.

— C'est juste, car vous êtes très-jeune encore, monsieur.

Puis, se tournant courtoisement vers le palatin de Vilna :

— Prince, ajouta-t-elle, je vous félicite d'avoir acquis un ami tel que M. de Lacy.

— Votre Majesté a raison, répliqua Radziwil en s'inclinant : le comte m'a témoigné, en maintes circonstances, un dévouement très-rare.

— Et vous en avez presque fait un Polonais, reprit la tsarine avec un sourire équivoque.

— En effet, madame, il aime mon pays.

— Et vous aussi, vous vous intéressez à la Pologne, déclara l'impératrice avec un accent d'ironie qui n'échappa point à Radziwil.

Le palatin accueillit par un silence glacial cet espèce de sarcasme.

Catherine, qui s'aperçut aussitôt de l'impression qu'elle avait produite, se hâta d'ajouter :

— Je suis heureuse, prince, de vous voir à cette fête.

— Et moi, madame, je ne me serais point pardonné de décliner l'invitation que Votre Majesté a bien voulu me faire l'honneur de m'adresser.

La tsarine passa avec son cortége, et se rendit dans la galerie où l'on devait danser.

Radziwil et le comte de Lacy l'y suivirent, et la fête commença immédiatement.

Bientôt tous les invités se laissèrent entraîner au mouvement du bal.

Après chaque quadrille, l'impératrice allait se reposer sous les ombrages parfumés de la galerie ; plusieurs fois elle chercha Radziwil de l'œil. Enfin, vers le milieu de la fête, elle l'appela d'un signe auprès d'elle.

Le cercle des courtisans s'élargit aussitôt, à une distance respectueuse, selon l'usage, de la sorte, personne ne pouvait entendre ce que disait la souveraine.

Tout en se rendant à l'invitation de la tsarine, le palatin jeta un regard à son compagnon, comme pour s'excuser de le laisser seul au milieu d'une société qu'il ne connaissait pas.

Catherine devina, sans doute, sa préoccupation, car elle s'empressa de lui dire, dès qu'il se fut approché :

— Je ne puis m'entretenir avec vous en présence de votre ami : je pense que vous avez confiance en lui ?

— Je n'ai rien de caché, madame, pour le comte de Lacy :

— Bien, dit-elle.

Et l'impératrice ordonna à un chambellan d'appeler le jeune homme, qui s'empressa d'obéir au vœu de la princesse.

— Comment trouvez-vous la fête ? s'informa-t-elle.

— Admirable, madame : c'est éblouissant, et Votre Majesté sait faire les choses à ravir.

— Nous ne sommes pourtant que des Barbares, répète-t-on en Europe.

— Ceux qui parlent ainsi, madame, sont des ignorants : ils n'ont jamais visité la Russie.

— Alors vous êtes satisfait de votre voyage ?

— Certainement, madame, surtout après l'honneur que me fait Votre Majesté.

— J'en suis bien aise ; je souhaite même que vous vous plaisiez assez parmi nous pour accepter du service dans notre armée.

— J'ai le projet de retourner dans ma patrie, répondit évasivement le comte.

— Et vous, prince Radziwil, reprit la tsarine en s'adressant au Polonais, demeurez-vous longtemps encore à Petersbourg ?

— Votre Majesté me fait trop bon accueil pour que je n'aie pas le désir d'y prolonger mon séjour.

Catherine se mordit légèrement les lèvres : cette réponse manquait de précision, et cependant elle n'osa pas provoquer le palatin à s'expliquer plus nettement : c'eût été avouer qu'elle le faisait surveiller.

— Ainsi, reprit-elle après une pause, vous avez renoncé à vous occuper des affaires de Pologne ?

— Elles sont en bonnes mains, madame, et l'expérience passée ne m'encourage guère à me mêler de politique.

Alors c'est un retraite absolue ?

— Oui, madame.

— Quoi ! à votre âge, quand vous pourriez rendre encore de si grands service ?

— Je sens le besoin du repos.

La tsarine sourit, et Radziwil comprit qu'elle ne croyait pas un mot de ce qu'il disait.

Toutefois elle ajouta :

— Vous avez noué, sans doute, quelques relations à Pétersbourg ?

— Très-peu, madame.

L'impératrice, décidée à faire sortir le palatin de sa réserve, lui dit :

— Je sais que vous visitez, de temps à autre, un palais entouré de quelque mystère, celui de la princesse Tarakanof.

— Il est vrai, répliqua Radziwil sans se déconcerter ; je me suis chargé d'une négociation que je compte mener à bonne fin.

— Laquelle ? interrogea la tsarine surprise.

— Il s'agit d'un mariage.

— Pour vous ? dit Catherine, qui ne parvint pas à

dissimuler l'intérêt qu'elle prenait à cette communication.

— Pour moi, non, madame : je suis déterminé à rester veuf.

— Et avec qui prétendez-vous marier la princesse ? s'enquit la tsarine.

— Il ne s'agit pas d'elle.

— Vous m'étonnez de plus en plus.

— C'est bien simple, cependant : la princesse a pour gouvernante une dame française ; et cette dame a une fille charmante.

— Effectivement, constata l'impératrice rassurée : j'ai entendu parler de mademoiselle de Vigneulles.

— Eh bien, madame, j'ai lieu de croire que mon intervention produira ses fruits. Mon ami, le comte de Lacy, désire épouser une compatriote, et rien n'empêche, autant que j'en puis juger, que prochainement il ne donne son nom à mademoiselle de Vigneulles.

En achevant ces paroles, le palatin jeta un regard quelque peu malicieux sur son compagnon, qui rougit et se troubla. Le comte n'avait dit mot au prince de l'impression qu'avait produite sur lui Marie de Vigneulles, et il admirait comment ses sentiments intimes avaient été si promptement découverts.

Néanmoins, en y réfléchissant, il pensa que le palatin ne s'était probablement exprimé de la sorte que pour donner le change à Catherine et dérouter ses soupçons.

La réponse, réellement, avait été habile. La tsarine, croyant avoir obtenu le renseignement qu'elle souhaitait, s'en applaudit intérieurement, et se jugea beaucoup plus habile que ses émissaires. Le sentiment qu'elle éprouvait se réfléta sur son visage, et Radziwil s'aperçut parfaitement qu'il avait touché juste.

Fixée sur ce premier point, Catherine voulut en aborder un autre sur-le-champ.

Elle savait combien Radziwil était attaché au culte catholique, et les efforts qu'il avait faits, jadis, pour ruiner en Pologne l'influence des dissidents soutenus par la Russie et la Prusse. Elle ne doutait pas que si le palatin pouvait être rassuré sur les destinées de la foi religieuse, il serait de meilleure composition pour les intérêts politiques.

Or, l'astucieuse princesse avait imaginé un plan pour mettre sous sa main et les catholiques de Russie et ceux de Pologne.

Impie avec Voltaire et les philosophes de son école, qu'elle se plaisait à combler de faveurs, affichant la piété en Russie pour se concilier un peuple fanatique, elle voulait paraître ménager le culte des Polonais tout en le réduisant en servitude et en en faisant un instrument de règne.

Dans le clergé catholique, elle avait rencontré un homme dévoué à ses volontés, prêt à sacrifier sa conscience à la fortune.

Cet homme était l'évêque de Vilna, Stanislas Bohusz Siestrzeucewicz.

Né d'une famille pauvre mais noble, il avait été élevé à Kœnigsberg, par des parents cultivateurs, dans l'hérésie de Genève.

Dans le principe, il servit comme hussard, reçut une blessure en duel et perdit un doigt.

Peu de temps après, ayant fait la connaissance de Massalki, évêque de Vilna, il embrassa la foi catholique.

Résolu de suivre la profession cléricale, il sut si bien capter les bonnes grâces de son protecteur, que celui-ci l'ordonna prêtre, le fit chanoine de la cathédrale de Vilna, et enfin le choisit comme successeur au siége épiscopal.

Bien que Polonais, il combattit toujours contre sa patrie, et, dans ses intrigues avec le déplorable Podoski, prince de l'Eglise polonaise, il favorisa toujours les intérêts moscovites.

Avec le concours du prélat prévaricateur, la tsarine comptait bien briser toutes les résistances, et elle ne désespérait pas, à force d'adresse, d'obtenir la connivence de plusieurs nobles Polonais influents.

L'adhésion de Radziwil eût été pour elle du plus grand prix.

Aussi songea-t-elle, pendant qu'elle s'entretenait avec le palatin, à traiter cette question si importante à ses yeux.

— Je m'occupe, dit-elle au prince, de réaliser un projet qui aura, j'en suis sûre, votre approbation : je voudrais unifier les différents rites catholiques qui divisent les fidèles de votre religion en Russie et en Pologne, et je ne désespère pas d'y réussir.

— Votre Majesté s'abuse, je crois, là dessus, qu'elle me pardonne de le lui dire, répliqua le palatin.

— Et pourquoi ?

— Ni les Ruthéniens, qui suivent le rite grec, ni

des Polonais ou Russes qui suivent le rite latin, ne peuvent changer à leur gré.

— Qui les en empêche, puisque les deux rites sont également approuvés par le pontife de Rome?

— C'est que le pape a toujours prohibé formellement le passage d'un rite à l'autre.

— Tout le monde n'est pas de votre avis.

— Pourtant c'est celui de l'épiscopat.

— Vous vous trompez : l'évêque de Vilna est d'une opinion différente.

A ce nom, Radziwil rougit de colère : il détestait cordialement Stanislas Bohusz, qu'il accusait d'avoir trahi sa nation.

— Cet homme, répondit-il d'une voix sourde, n'a aucune autorité.

— Vous êtes dans l'erreur encore : il en aura demain plus que jamais, affirma Catherine en jouant sur les mots.

Je viens de fonder dans la Russie Blanche un archevêché que je destine à l'évêque de Vilna, et je lui conférerai la dignité de métropolitain sur toutes les Eglises catholiques de mes Etats, même sur celles de la Pologne qui est maintenant placée sous mon protectorat.

— Un pareil acte, madame, n'aura aucune valeur, à moins que Rome ne le sanctionne.

— C'est là un point secondaire, qu'il sera facile de résoudre.

Pas autant que Votre Majesté se le figure. Les Ruthéniens, d'ailleurs tel que je les connais n'abandonneront pas volontiers le rite grec.

Nous verrons bien, dit la tsarine. Cependant, si cette combinaison aboutit, où sera le mal ?

— Je ne conteste pas les intentions de Votre Majesté.

— Seriez-vous disposé à m'aider à lever les obstacles?

Je me déclare entièrement incompétent dans cette affaire, répliqua le prince.

— Vous refusez alors ?

— Je ne saurais, madame, appuyer un prélat tel que Stanislas Bohusz, que je méprise et regarde comme un apostat.

— Vous êtes injuste envers lui, prince.

— Je le connais de longue date : c'est un ambitieux qui vend sa conscience à prix d'or.

Catherine cessa d'insister, tant le palatin semblait hostile à son plan. Elle réprima le dépit qu'elle ressendait et changea de conversation.

— Vous ne songez pas, reprit-elle, à vous établir définitivement à Pétersbourg?

— Votre Majesté sait que j'habite dans le voisinage de la ville, presque dans un faubourg.

— Sans doute, mais votre demeure n'est qu'une simple villa. A un homme comme vous, jouissant d'une fortune royale, il faudrait un palais.

— J'ai fait des pertes considérables; cependant je me déciderai peut-être à faire bâtir ou à acquérir ici un hôtel.

— Voilà une bonne pensée, que je désire vous voir réaliser promptement.

Ce long entretien, auquel les courtisans assistaient

de loin, excita quelque surprise parmi eux. Ils connaissaient à peine Radziwil, qui n'avait paru que rarement au palais, et peu d'entre eux avaient vu encore le comte de Lacy.

Catherine, qui n'avait plus de question à faire au palatin, se leva, pour prendre part à un quadrille, et en lui disant gracieusement, ainsi qu'à son compagnon :

— Je vous reverrai, messieurs, tout à l'heure, au souper.

Le prince et le comte s'inclinèrent en silence.

Quand le bal fut terminé, tous les invités passèrent dans une autre galerie, où l'on n'avait dressé une grande table.

Il y en avait une autre ronde et petite, de huit places seulement.

L'impératrice s'approcha de cette table, avec quelques officiers de son intimité, et un maître de cérémonie invita le prince Radziwil et le comte de Lacy à venir s'y asseoir.

C'était une faveur insigne que leur faisait là souveraine.

Le palatin remercia, comme il le devait, mais demeura silencieux.

Il se retira immédiatement après le souper, avec son ami, et remonta en voiture pour gager sa villa.

Le prince, à peine hors du palais, laissa éclater les sentiments qui agitaient son cœur.

— Cette femme, murmura-t-il avec colère, ne se contente pas de régner sur les corps, il lui faut les âmes ! Je comprends sa perfidie : elle sent que, pour maîtriser complétement la Pologne, il est indispensable de lui ravir sa foi, et elle y travaille avec acharnement.

Le comte se taisait.

— Que pensez-vous, reprit Radziwil, de ce que vous avez vu ce soir ?

— Que Catherine est bien puissante, et qu'il est difficile de lui résister.

— Oui, par les moyens ordinaires. Mais, en y réfléchissant, il faut bien avouer que son trône est moins solide qu'il ne le paraît. Il y a peu de temps, un moine, Pouyatchef, voulant se faire passer pour Pierre III, a terrifié la femme coupable jusque dans son palais de Pétersbourg : un moment elle a craint de succomber.

— Vous dites vrai.

— Que sera-ce, si nous appelons un jour les peuples de la Russie autour d'une princesse issue réellement de Pierre Ier ? La tsarine étrangère ne résistera pas à ce coup, surtout si les Polonais agissent avec nous.

— Vous avez assurément des chances de succès.

— Oui, et de très-grandes. Au reste, nous n'avons pas le choix des moyens pour échapper au joug moscovite : il n'y a plus que celui-là, une révolution à Pétersbourg.

— La tsarine vous surveille, et je crains qu'elle ne redouble de précautions à votre égard.

— Quoi qu'il en soit, je suis prêt à la lutte, vou avez pu en juger hier soir.

— Vous avez d'habiles émissaires.

La fille des tsars.   3

— Comment trouvez-vous la réponse que j'ai faite à Catherine, au sujet de mes visites au palais de la princesse Tarakanof?

— Très-adroite, en vérité; mais vous m'avez surpris.

— En quoi? demanda le prince en souriant.

— Par l'allégation de ce mariage dont il n'a jamais été question.

— Serait-ce chose impossible?

— Non, sans doute, répondit le jeune homme avec embarras.

— Marie de Vigneulles ne vous déplaît pas?

— Au contraire.

— De plus, elle appartient à une noble famille.

— Pourrai-je espérer que sa mère, qu'elle même, accueilleraient une demande...

— En mariage? acheva le palatin, qui se laissait distraire de ses graves préoccupations par les questions inattendues de son ami.

— Oui, une demande en mariage.

— Pourquoi non?

— Mais tout cela dépend du succès de votre entreprise.

— Ou plutôt, la conclusion de cette affaire pourra contribuer à la réussite.

— Je ne vois pas...

— Ecoutez-moi, comte, et vous saisirez ma pensée. Si je soustrais Elisabeth à ses ennemis, pour la préparer à la destinée que lui assure sa naissance, je ne dois pas abandonner madame de Vigneulles ni sa fille.

— Naturellement.

— Or, s'il était possible de conclure auparavant le mariage, votre situation nouvelle applanirait les difficultés.

— En êtes-vous bien sûr?

— Assurément. Le lendemain de la cérémonie nuptiale, vous partiriez de Russie avec votre femme et madame de Vigneulles, et vous nous attendriez au lieu dont nous conviendrions. Votre voyage, en pareilles circonstances, n'éveillerait aucun soupçon ; et, deux jours après votre départ, j'effectuerais l'évasion de la princesse.

— Ce plan me semble admirablement conçu. Mais les préliminaires ne sont point assurés, il s'en faut.

— Soyez tranquille, comte, je me charge de la négociation.

La conversation se termina là. Quelques instants plus tard, le palatin et son ami rentraient dans la villa.

IV

LA FUITE.

Huit jours après la fête donnée au palais impérial, le prince Radziwil avait négocié le mariage du comte de Lacy avec mademoiselle de Vigneulles.

Non-seulement le jeune homme était épris de la compagne de la princesse Tarakanof, mais Marie elle-même n'avait pas vu avec indifférence son compatriote.

Les cœurs étant ainsi d'accord, il ne fut pas difficile d'obtenir le consentement de madame de Vigneulles.

Les projets du palatin exigeant une prompte solution à cette affaire, le mariage fut fixé à un mois de là.

Radziwil, pour endormir Catherine dans une fausse sécurité, prit soin de l'informer lui-même de cette nouvelle.

En attendant, il activa les préparatifs de l'évasion.

Il expédia deux de ses serviteurs les plus sûrs et les plus intelligents à Vilna, pour recueillir de fortes sommes.

D'autre part, il avait avec lui tous ses diamants de famille, dont la valeur était considérable.

Durant les jours qui précédèrent le mariage, le prince ne se rendit plus que rarement chez la princesse Tarakanof. Au contraire, il fréquentait assidûment la cour de Catherine, qui bannit insensiblement toute défiance à l'égard du Polonais.

D'ailleurs, les émissaires de Radziwil redoublaient de zèle, tant au palais de la tsarine que dans la ville, et autour de la demeure d'Élisabeth.

Il y avait deux polices dans Pétersbourg : celle de l'impératrice et celle du palatin.

La maison du faubourg où nous avons vu ce dernier passer une fois la nuit, était remplie de ses servi-

teurs ; elle lui servait comme de quartier-général pour
donner à ses agents les directions nécessaires.

Dès le commencement de son séjour à la villa, Radziwil avait acheté un petit bateau fort élégant, sur lequel il se promenait souvent avec le comte de Lacy, et
poussait parfois jusqu'à Kronstadt.

Les hommes qui guidaient cet esquif léger étaient
doués d'une merveilleuse adresse, et le bateau devenait souple et docile entre leurs mains, comme s'il
eût obéi à un simple acte de leur volonté.

Au centre, apparaissait une charmante cabine dé-
corée avec luxe, où se plaçaient le maître et son ami
dans leurs excursions.

Pendant les réunions qui devaient s'écouler jusqu'au jour fixé pour la fuite de la princesse Tarakanof, Radziwil multiplia les visites à Kronstadt, où il
laissa plusieurs affidés très-fidèles, avec mission de
retenir un certain nombre de places sur un navire
anglais en partance.

Il les autorisa à prodiguer l'or, s'il le fallait, pour
applanir tous les obstacles, et acheter des complices
jusque parmi les gardiens du port et les officiers chargés de la croisière.

Un jour qu'il revenait sur son bateau, et que le con-
ducteur amarrait l'esquif à la rive, en face de la villa,
un valet vint prévenir le prince qu'un personnage
important l'attendait.

— Qui est-ce? demanda-t-il inquiet.

— L'évêque de Vilna, maintenant archevêque de
de Mohilew.

Le front du palatin se rembrunit; il détestait le pré-

lat-ambitieux, qui sacrifiait à son orgueil la patrie et
la religion.

Pourtant il garda le silence, et entra dans sa de-
demeure, cherchant à deviner ce que lui voulait le visiteur.

Le comte de Lacy était absent.

L'évêque avait été introduit dans le vaste salon de
la villa.

Un prêtre, qui l'avait accompagné, se tenait dans
une salle d'attente.

L'orgueilleux Bohusz, oubliant la simplicité évan-
gélique qui sied même aux ministres du Christ les
plus élevés dans la hiérarchie, traitait son clergé avec
une hauteur révoltante.

A la vue du prince, il se leva, le salua obséquieu-
sement, et lui tendit la main droite, ornée de l'anneau
épiscopal.

Radziwil rendit le salut d'un air glacial, mais s'abstint de serrer la main qu'on lui offrait.

Ayant fait signe à l'évêque de se sseoir, il se
plaça en face de lui.

Bohusz, légèrement déconcerté par a froideur de
cette réception, s'excusa du dérangement qu'il occa-
sionnait, peut-être.

— Mais, ajouta-t-il, en venant vous trouver, prince,
j'obéis au vœu de notre glorieuse impératrice.

— Ah! c'est elle qui vous envoie? fit le palatin avec
un sourire sardonique qui n'échappa point à son interlocuteur.

— Pas précisément, répliqua l'évêque, qui rougit

légèrement ; mais elle croit utile que nous conférions ensemble des intérêts de l'Église catholique.

— Je n'ai pas qualité pour discuter ces hautes questions, déclara le prince ; vous avez des supérieurs, et ce sont eux que vous devez consulter.

— Aussi, est-ce d'après l'avis de notre auguste souveraine, je vous le répète, que je me suis présenté chez vous.

— Nous ne nous comprenons pas, reprit Radziwil avec dégoût ; dans l'ordre des choses spirituelles, un évêque catholique n'a d'autre supérieur que le pape ; du moins, tel est l'enseignement que j'ai reçu.

— Sans doute, à certains égards. Mais, selon l'Apôtre, nous sommes tenus d'obéir aux puissances établies de Dieu.

— Évêque, interrompit le prince, dispensez-vous de me faire un sermon. Venez au fait, et dites-moi ce qui vous amène.

— Sa Majesté vous a communiqué, si je ne me trompe, son projet d'unifier les différents rites catholiques de son empire et ceux de... la Pologne.

— Après !

— Oui, elle est persuadée, comme moi, que votre concours serait d'un grand prix pour la réalisation de cette œuvre sainte.

— Encore une fois, est-ce de l'aveu de Rome que vous avez formé une pareille entreprise ?

— Rome ne s'y opposera pas, dès qu'elle aura vu les résultats.

— Eh bien ! je dis que vous, évêque catholique,

vous n'avez pas le droit d'agir comme vous le faites, sans l'assentiment préalable du souverain pontife.

— Par état, eut l'impudence de répondre Bohusz, j'ai dû étudier ces matières, et j'ose affirmer qu'elles me sont familières ; or, je ne partage pas votre opinion.

— Vous parlez en apostat, s'écria le palatin hors de lui.

L'évêque, irrité, se leva.

— Vous m'insultez, prince, dit-il d'une voix étouffée par la colère ; vous en répondrez devant l'impératrice.

Radziwil, rappelé à lui-même, et tenant, dans les conjonctures présentes, à ne point irriter la tsarine, balbutia quelques excuses, et le prélat se rassit.

— Pourquoi, demanda-t-il d'un ton plus calme, insistez-vous si fort pour que je me prête à la réalisation de vos plans, sachant que j'ai renoncé à me mêler même des affaires politiques ?

— Parce que j'estime que votre devoir est de consacrer votre influence, qui est grande, au bien-être de notre patrie.

— Et vous croyez qu'il sera avantageux pour la Pologne d'être soumise à la réorganisation religieuse que vous méditez.

— C'est ma conviction.

— Ignorez-vous donc ce qui s'est passé en Russie, et la manière dont on y traite encore les catholiques ?

— Je connais comme vous, et je déplore les sévices exercées contre nos frères ; mais, si nous réussissons, ..

l'impératrice n'aura plus la même raison d'agir comme elle l'a fait.

— Je crains que vous ne vous abusiez. Dès le début de son règne, l'impératrice a dépouillé les églises et les monastères catholiques de leurs biens; elle a ordonné aux fidèles ruthéniens d'embrasser le rite latin, ce qui est défendu par Rome, ou d'adopter le schisme.

Elle a chassé les prêtres qui résistaient, on les a envoyés croupir en prison.

Quant aux laïques, on les a déchirés de coups, on leur a enlevé jusqu'à leurs troupeaux, leur unique fortune; quelquefois même on leur a coupé le nez et les oreilles, on leur a brisé les dents avec les crosses des fusils.

Voilà quels traitements on a infligé aux catholiques demeurés fidèles à Rome.

— On a beaucoup exagéré, insinua le prélat.

— Je suis certain de ce que j'avance.

— Soit; mais ces faits ne se renouvelleront plus, si nous donnons satisfaction à l'impératrice.

— C'est-à-dire, si nous participons à la révolte.

— Ainsi, prince, vous refusez de vous associer à nos efforts?

— Absolument; ce serait offenser ma conscience et concourir à compléter la servitude de notre malheureuse patrie.

— La Pologne, croyez-moi, n'aurait qu'à y gagner. Vous l'avez vu vous-même, elle ne peut se défendre, minée qu'elle est par les dissensions intérieures.

—Ces dissensions, qui les a provoquées, sinon nos ennemis ?

— Quelle qu'en soit la cause, elles existent ; et, selon moi, il n'y a pas d'autre remède pour nous, que d'accepter franchement le protectorat de la Russie. A l'abri du sceptre puissant des tsars, une ère nouvelle s'ouvrira pour nous, ère de grandeur et de prospérité.

Radziwil frémissait d'indignation à ce langage impudent de l'apostat ; mais il se contint pour ne pas compromettre par un éclat ses projets ultérieurs.

— Je ne saurais adopter vos idées, répondit-il d'une voix brève ; elles sont en contradiction avec mes croyances et mes sentiments.

— Vous réfléchirez, insista l'évêque.

— Mon parti est pris, et je ne changerai pas.

— Que comptez-vous faire ?

—Rien.

— Les honneurs, les plus hautes dignités, je suis chargé de vous l'annoncer, récompenseront votre dévouement, si vous consentez à servir l'impératrice.

Ces offres insolentes portèrent au plus haut point l'exaspération du prince. Néanmoins, il réprima le premier mouvement, et se contenta de répondre :

— Je ne saurais accepter de semblables propositions ; si je les acceptais, je croirais vendre le sang de la Pologne, mon âme, mon honneur !

Bohusz espérait-il réduire le palatin, ou bien avait-il l'intention de le pousser à bout, afin d'avoir un prétexte pour le perdre ? Il serait difficile de le dire.

Quoiqu'il en soit, l'entretien se termina là. L'évê-

que se leva, salua le maître de la maison, qui le re-
conduisit jusqu'à la salle d'attente, où il retrouva le
prêtre venu avec lui, et s'éloigna.

Une voiture l'attendait à la porte; il y monta et
donna l'ordre au cocher de se diriger vers Pétersbourg.

Il allait sans doute rendre compte à sa maîtresse du
résultat de sa mission.

Radziwil, en repoussant les tentations du prélat
indigne, gardait le beau rôle : il poursuivait un but
élevé et double en même temps, le maintien de l'indépendance de la Pologne et le salut du catholicisme,
deux choses inséparables l'une de l'autre en face de
la Russie schismatique et persécutrice.

C'est à ce point de vue qu'il faut se placer pour apprécier le plan conçu par le palatin.

Cet homme, si plein de ressources, avait vu son
activité paralysée par la discorde qu'avait fomentée
chez les Polonais deux gouvernements machiavéli-
ques : la Russie et la Prusse. Sentant qu'il succom-
berait infailliblement dans la lutte, il s'était retiré
sous sa tente, pour s'y recueillir, et il avait élu domi-
cile au foyer même de la nation qu'il haïssait le plus.

Là, il avait découvert un élément de triomphe, au
palais d'Anichkof, où résidait la descendante légitime
des tsars, une jeune fille de quinze ans, dont la solitude n'avait point éveillé encore les alarmes de la
femme criminelle qui tenait le sceptre sanglant de la
Russie.

Dès lors, il avait ourdi mystérieusement la trame
dont nous avons exposé le plan. Avec ses richesse

immenses, avec ses serviteurs fidèles, avec de l'habileté, avec cette enfant, il comptait bien, dans un avenir prochain, menacer la couronne usurpée de Cathé-
rine, briser le joug de la Pologne, sauvegarder la foi
religieuse, la foi de vingt millions d'hommes.

Nous savons quelle police il avait organisée, en
quelques mois, au cœur même de l'empire moscovite.

L'œuvre était commencée.

Il fallait, maintenant, arracher de Pétersbourg la
fille des tsars, la montrer au monde, attirer sur elle
l'attention, constater à la face du ciel et de la terre ses
droits légitimes, puis la ramener dans son pays, au
milieu des sabres polonais.

C'était là une entreprise gigantesque ; mais le génie
de Radziwil ne s'en effrayait pas ; il avait mesuré la
grandeur de son projet, et il avait pleine confiance
dans l'issue favorable.

La visite de l'archevêque de Mohilew, loin de l'inquiéter, l'anima davantage encore à poursuivre énergiquement, obstinément son dessein.

Le soir même de son entrevue avec l'apostat, il était
chez la princesse Tarakañof, où il raconta l'entretien.

De là, il se rendit à la maison du faubourg, où ses
agents venaient prendre le mot d'ordre et apporter les
renseignements recueillis au palais impérial.

Il y apprit que Catherine, irritée d'abord de l'insuccès de la démarche de Bohusz, avait fini par accu-
ser l'archevêque d'ineptie. Déjà elle le traitait en valet, ni plus ni moins que les dignitaires du clergé
orthodoxe.

Il sut encore que Druitri et Wasili, les deux serviteurs placés comme espions chez Élisabeth, communiquaient furtivement avec la police de Catherine.

Ces misérables, effrayés d'un côté par les menaces des agents du palatin, avaient reçu du palais l'ordre, sous peine de châtiment rigoureux, de rendre compte, chaque jour, des actes de la princesse, des visites qu'elle recevait, et des paroles qui pouvaient lui échapper.

Placés entre deux terreurs, ils n'agissaient qu'en tremblant, mais n'osaient pas s'affranchir de la mission qu'on leur avait confiée.

Jean et Ladislas étaient présents, et c'est de leur bouche que le prince recueillit ces derniers renseignements sur les deux espions.

— Que faire? leur demanda-t-il.

— Je ne connais, maître, qu'un seul moyen de leur imposer silence, déclara Ladislas.

— Quel est-il?

— La pointe de ce poignard, répondit le Polonais en tirant l'arme de sa gaine.

— Nous n'avons pas le droit d'en appeler à cette mesure extrême, répliqua le prince.

— Pourquoi pas? Est-il défendu de broyer la tête d'un reptile venimeux?

— Ces hommes obéissent, instruments passifs, à ceux qui les envoient, et il ne nous est permis, à aucun titre, de prendre leur vie.

— Alors ils compromettront l'entreprise.

— Voilà ce qu'il faut empêcher, mais autrement que tu ne le proposes.

—Je ne vois pas d'autre façon de nous prémunir contre eux.

— Veillez tous à ce qu'ils ne puissent pénétrer dans l'intérieur de la princesse.

— Et quand il s'agira de jouer la dernière carte?

— Eh bien! vous les garrotterez et les jetterez dans une pièce isolée du palais. De cette manière, ils ne pourront donner l'alarme.

D'ailleurs, en les immolant, nous commettrions une imprudence qui nous serait funeste : on s'apercevrait immédiatement de leur disparition, et on en conclurait que de graves motifs l'ont déterminée. On ferait une enquête, et on gênerait ainsi tous nos mouvements.

Les agents du palatin comprirent qu'il avait raison. Tous jurèrent de redoubler de zèle, et que la police impériale ne les prendrait point en défaut.

Cependant, l'attention de la tsarine était éveillée, à l'égard de la princesse Tarakanof. Elle se reprochait de ne s'être point mise en peine plus tôt de ce rejeton du sang impérial, et le soir même où le prince Radziwil délibérait avec ses serviteurs sur le sort des deux espions, Catherine consultait ses familiers dans un conseil intime.

Elle avait appelé Grégoire et Alexis Orlof, le comte Panin et quelques autres qui, tous, avaient trempé dans l'assassinat de Pierre III.

La tsarine se plaignit à eux des périls qui renaissaient sans cesse sous leurs pas.

— Depuis huit ans, dit-elle, que j'occupe le trône, j'ai vécu rarement en sécurité. Les habitants de Moscou m'ont insultée lors de mon couronnement, et j'ai quitté cette ville au bruit de leurs malédictions.

Quelques régiments soulevés ont tenté de briser le sceptre dans mes mains,

La révolte de Pouyatchef, récemment étouffée, a failli triompher.

Le captif de Schlüsselbourg, le jeune Ivan, proclamé jadis empereur au berceau, a dû périr, afin que nul ne tentât de le substituer à ma place.

Aujourd'hui, me voici en face d'une fille d'Elisabeth, négligée jusqu'ici, et qui grandit à deux pas de ce palais.

Il faut que cette rivale disparaisse.

Un morne silence accueillit les paroles de l'impératrice.

Étonné de l'attitude des conseillers, Catherine reprit d'une voix altérée :

— Quoi! nul d'entre vous n'a une proposition salutaire à émettre?

— Madame, dit enfin le comle Panin d'un ton hypocrite, Dieu sait que chacun de nous serait prêt, au besoin, à sacrifier sa vie pour préserver celle de Votre Majesté; mais il faut éviter d'irriter l'opinion du peuple. La mort de Pierre III, celle du jeune Ivan, ont ému profondément la Russie. En supprimant brusquement la princesse, à qui personne ne pense encore, vous rendriez votre nom odieux irrévocablement. Le danger que vous écarteriez se produirait sous une autre forme.

— A votre avis, reprit la tsarine avec amertume, je dois rester impassible devant le péril?

—Non, je n'ai pas dit cela, madame.

— Que me conseillez-vous donc, en ce cas?

— D'enfermer la jeune fille dans une forteresse.

—C'est une demi-mesure, et je n'aime pas à transiger avec les difficultés.

— Plus tard, Votre Majesté agira à son gré.

Les Orlof approuvèrent la motion de Panin.

— Eh bien, qu'on se hâte, et que dès demain, Elisabeth soit enlevée de son palais.

—Permettez, Madame, que j'élève encore une objection.

— Parlez, comte

— La prudence exige, selon moi, qu'on procède ici avec maturité.

— Que voulez-vous attendre de plus?

—Dans quelques semaines, la compagne d'Élisabeth, mademoiselle de Vigneulles épouse un jeune Français.

— Que me fait ce mariage?

—Que Votre Majesté daigne m'écouter jusqu'au bout. Vous avez appris comme nous, Madame, qu'au lendemain de leurs noces, les deux époux quitteraient la Russie pour faire un voyage en France.

— Qu'y a-t-il de commun entre ce propos et la question qui nous occupe?

— Le voici : vous ajournerez, jusqu'à ce moment, l'arrestation de la princesse.

—Dans quel but ce retard?

—Vous ferez courir le bruit qu'elle est partie avec la fille de sa gouvernante.

Cette idée plut à la tsarine, et elle l'adopta. Elle prescrivit de prendre toutes les mesures nécessaires à ce nouveau crime, qui devait être accompli dans le plus profond secret.

Ainsi, une double trame se nouait autour de la princesse Tarakanof. D'un côté, le prince Radziwil se préparait à l'enlever pour la sauver et la réserver au trône de Catherine ; de l'autre, l'impératrice faisait tout disposer pour la captivité, et peut-être la mort de la jeune fille.

Et ce double complot devait éclater le même jour, ou du moins, à quelques heures d'intervalle.

Ni Catherine, ni le palatin ne se soupçonnaient mutuellement.

La Providence seule allait donc décider de la fortune de l'héritière légitime des tsars.

La semaine fixée pour le mariage et l'évasion approchait. Les serviteurs de Radziwil étaient de retour de Vilna avec les sommes demandées. Un navire anglais avait été arrêté au port de Kronstadt pour le voyage. Les émissaires du palatin, disséminés sur la Néva, jusqu'à son embouchure, étaient prêts à escorter leur maître et la princesse.

Mais Radziwil, qui avait fait répandre à dessein la nouvelle du mariage et du départ des époux, modifia son plan à la dernière heure, ou plutôt révéla plus ouvertement à ses complices le fond de sa pensée.

Afin d'assurer davantage encore le succès de l'entreprise, il annonça que l'époque du mariage serait devancée de deux jours ; qu'il se ferait dans le plus grand mystère, au palais même, durant la nuit, et que les époux partiraient sur-le-champ.

Il devait les suivre avec la princesse, à une heure d'intervalle.

Jean et Ladislas, après avoir mis Druitri et Wasili hors d'état de nuire, garderaient sévèrement les abords du palais pendant toute la journée du lendemain, puis disparaîtraient avec ceux de leurs camarades qui pouvaient être compromis.

Tout se passa comme il avait été arrêté par le prince Radziwil.

Une chambre du palais Anichkof avait été transformée en chapelle. Le jour choisi, à minuit, dans le plus grand secret, un prêtre catholique unit devant Dieu le comte de Lacy et Marie de Vigneulles.

A une heure du matin, les deux époux montaient en voiture et gagnaient la villa du palatin, et s'embarquaient sur un canot amarré devant la grille.

Une demi-heure plus tard, le prince lui-même, conduisant la princesse Tarakanof et sa gouvernante, entrait dans le bateau dont se servait ordinairement Radziwil, et descendait également la Néva.

Le prince avait voulu cette séparation momentanée, afin de ne point attirer l'attention en arrivant au port de Kronstadt.

Du reste, les fugitifs étaient tous déguisés, et portaient le costume de riches marchands.

Le trajet s'effectua paisiblement, sans incident.

A huit heures du matin, le palatin, la princesse, le comte et la comtesse de Lacy étaient sous la poupe du navire anglais le *Rapide*.

Au moment où ils se préparaient à monter l'échelle, ils furent saisis tous d'une panique inexprimable ; une barque, forçant de rames, semblait les poursuivre, mais ils en furent quittes pour la peur : l'embarcation fila du côté de la proue, et aborda un autre vaisseau également en partance.

Le Rapide, qui était sous voile, appareilla sur le champ; et ne tarda pas à gagner la haute mer.

Les fugitifs étaient sauvés.

Après une excellente traversée, ils débarquèrent au port de Travemünde, en Allemagne, et se rendirent à Lubeck, pour y prendre quelque repos.

Avant la fin du jour où l'évasion s'était accomplie, les espions de Catherine s'aperçurent que les habitants du palais Anichkof et ceux de la villa Radziwil avaient disparu.

La tsarine, furieuse, dépêcha des émissaires dans toutes les directions, mais en vain. Ce ne fut que le lendemain qu'on retrouva la trace des fugitifs, et qu'on sût leur embarquement à Kronstadt.

Aussitôt l'impératrice ordonna de poursuivre le navire; mais que faire? La Russie, en paix avec l'Angleterre, ne pouvait attaquer en mer un de ses vaisseaux. D'ailleurs, il aurait fallu le rejoindre, ce qui était impossible.

Quand le bâtiment russe arriva dans le port de Travemünde, il y avait deux jours que le prince Radziwil était en sûreté à Lubeck.

Au reste, le palatin avait amené avec lui ceux de ses serviteurs qui avaient conduit les deux barques à Kronstadt, et il possédait en eux des hommes fidèles, avisés, qui faisaient bonne garde autour de leur maître.

V

FÉDOR.

Avant de quitter Pétersbourg, Radziwil avait remis aux mains de ses agents, qui devaient continuer d'occuper la maison du faubourg, une forte somme en or.

Les serviteurs de la villa avaient reçu l'ordre de les rejoindre.

Le palatin leur avait prescrit de rester en paix jusqu'à ce qu'il leur transmît de nouvelles instructions.

Il se proposait de les disperser dans les principales provinces de l'empire, au moment opportun, afin d'y semer la révolte contre Catherine, et d'y préparer les populations à recevoir Élisabeth, quand elle se présenterait pour revendiquer le trône.

L'homme que Radzivil avait donné pour chef à ses agents, connaissait tous ses secrets. Il avait quarante ans environ.

Fils de l'intendant de la maison du palatin, il avait été élevé avec lui, et, sans jamais oublier la distance qui le séparait de son maître, il lui avait voué une amitié inaltérable. Il aurait donné mille fois sa vie pour le prince.

A cette fidélité sans bornes, Constantin Ryala joignait une rare intelligence, un courage à toute épreuve, une sagacité merveilleuse. Il portait dans un corps frêle et délicat une âme indomptable.

Lors de la dernière guerre à laquelle le prince avait pris part, Constantin Ryala n'avait point quitté Radziwil. Pris par les Russes dans un combat, il avait subi les plus affreux traitements, et n'avait dû la vie qu'à une évasion habilement exécutée.

Quand il rentra dans Vilna, il trouva son foyer désert : une épidémie cruelle avait enlevé à la fois sa femme et ses deux enfants.

Ivre de désespoir, il jura une haine éternelle aux moscovites, et n'eut plus d'autre pensée que de leur nuire.

Aussi accepta-t-il avec transport la mission que son maître lui confiait à Pétersbonrg. Il avait aidé puissamment le palatin à organiser sa police particulière, et il devait lui être d'un grand secours pour ses desseins ultérieurs.

Tous les émissaires placés sous ses ordres avaient en lui une confiance absolue. Ils savaient que, s'il leur arrivait malheur, il n'hésiterait pas à payer de sa personne pour les délivrer.

C'était lui qui avait choisi le faubourg et la maison où le prince avait établi le centre d'activité de ses agents.

Elle s'élevait à l'extrémité de la rue Telejnaia, au milieu d'un horrible mélange d'échoppes et d'ateliers, amas confus d'édifices sans nom, que le désordre naturel et la saleté du peuple laissaient s'encombrer d'immondices de tout genre.

Constantin Ryala l'avait acquise d'un Russe, sur lequel avait pesé de tout son poids la tyrannie du régime moscovite, et qui s'en souvenait pour la vengeance.

Le Polonais avait embauché cet homme, de dix ans plus âgé que lui, et il comptait sur son concours, sur sa connaissance profonde de la Russie, pour servir les plans de son maître. Le moscovite se nommait Youri Varinof, et Ryala le traitait comme un égal et un frère.

Un drame terrible avait passé dans sa vie, et laissé dans son âme une haine implacable contre ceux qui l'avaient fait souffrir.

Il était né dans la province de Moscou, sur les terres du prince Neleskine, qui, occupé ailleurs, ne paraissait jamais dans ses domaines. Ses vastes possessions étaient administrées par un intendant appelé Mirowitch, qui maltraitait les paysans et les désafectionnait de leur seigneur.

L'intendant habitait le château de Katkef, situé dans un plaine immense, au bord d'un lac, qui l'entourait de trois côtés.

Mirowitch, toujours de plus en plus exécré, amassait contre lui des trésors de vengeance dans le cœur des serfs.

Mais il avait une fille charmante, nommée Anna, qui ayant perdu sa mère de bonne heure, fut instruite par son père. A dix-neuf ans, elle avait dans la contrée une réputation de science et surtout de bonté. On la consultait de tous les villages voisins , dans les maladies, dans les affaires, dans le chagrin.

Son père la réprimandait souvent, lui reprochait son esprit conciliant; toutefois, il cédait de temps à autre à ses supplications.

De nombreux troupeaux paissaient autour du lac.

Un matin, Anna sortit avec son père pour assister avec lui au dénombrement des bestiaux, opération qu'il faisait chaque jour en personne.

— Voyez, mon père, dit tout à coup la jeune fille, en traversant la digue qui réunissait la presqu'île du château à la plaine, voyez ce pavillon sur la cabane de mon frère de lait?

Souvent les paysans russes s'absentaient pour exercer leurs forces et leur industrie dans les villes et jusqu'à Pétersbourg, en payant une redevance au maître. Quand un de ces serfs voyageurs revenait chez lui, il élevait sur sa cabane un pin, surmonté d'un oriflamme, afin de convier les habitants du hameau à fêter son retour.

En vertu de cet antique usage, on venait d'arborer la banderole sur le faîte de la chaumière dont parlait la fille de Varinkof. La vieille Élisabeth, mère de Youri Varinof, le paysan qui revenait, avait été la nourrice d'Anna.

— Ainsi, ce misérable Youri est revenu cette nuit ? fit le régisseur.

— Et j'en suis heureuse, répondit Anna.

— Un mauvais sujet de plus dans le canton, comme si nous n'en avions pas assez déjà.

— Il ne tiendrait qu'à vous de l'améliorer.

— Tais-toi, tu gâtes l'autorité avec ta douceur et ta prudence. Ah ! mon père et mon aïeul menaient autrement les serfs de leur seigneur.

— Souvenez-vous, mon père, reprit Anna d'une voix tremblante, que Youri a été mieux élevé que les paysans ordinaires : son éducation a été soignée comme la mienne.

— Ce qui prouve que l'instruction l'a rendu mauvais. — Pourquoi aussi, toi et ta nourrice l'attirez-vous au château sans cesse ? Je n'aurais pas dû lui permettre d'oublier qu'il n'est pas de la même condition que nous.

— Vous le lui avez cruellement rappelé ! soupira la jeune fille.

— J'ai eu mille fois raison, déclara Mirowitch, de plus en plus exaspéré. — Que diable revient-il faire ici ?

Anna essaya encore d'adoucir son père.

— Vous avez fait battre presque à mort, il y a deux ans, mon malheureux frère de lait, reprit-elle, sans rien obtenir de lui, pas même un mot d'excuse : il eût expiré plutôt sous les verges que de s'humilier devant vous. C'est que la peine était hors de proportion avec l'offense, et il n'a pas été seul à le penser : depuis lors, la haine de nos paysans est devenue si terrible que je tremble pour vous, mon père.

— Est-ce pour cela que tu te réjouis de l'arrivée de mon plus redoutable ennemi ? demanda le régisseur hors de lui.

— Ah ! celui-ci n'est pas dangereux ; nous avons bu

le même lait, et il aimerait mieux mourir que de m'affliger.

Il l'a bien prouvé, vraiment ! Il serait le premier à m'égorger, s'il le pouvait.

— Vous êtes injuste envers lui ; Youri vous défendrait au péril de sa vie. Mais voici ma chère Olga, mon excellente nourrice, qui revient de la messe.

En achevant ces mots, Anna courut se jeter au cou de la brave femme.

— Tu es heureuse, n'est-ce pas ? fit-elle.

— Je ne sais, répliqua la vieille à voix basse.

— Il est de retour.

— Pour peu de temps... J'ai peur...

— Que veux-tu dire ?

— Ils ont tous fous !

— Eh bien ! dit Varinkof en jetant sur la nourrice un regard oblique, voici ton garnement de fils revenu.. Tu vois que je ne lui en veux pas.

— J'en suis fort aise, monsieur l'intendant, nous avons besoin de votre protection. Mon fils a vu l'impératrice, qui veut que nous soyons libres ; et, si cela ne dépendait que d'elle, ce serait déjà fait.

— Comment Youri s'y est-il pris pour parler à la tsarine ?

— Il s'est joint à nos gens, envoyés par tous ceux du pays et des villages voisins, pour aller demander à l'impératrice...

Ici Olga s'arrêta court ; elle venait de s'apercevoir de son indiscrétion, et, malgré les questions et l'irritation de l'intendant, elle se renferma dans un silence absolu.

La fille des tsars.   4

Mirowitch, furieux, s'écria en lui saisissant le bras :

— Que se machine-t-il donc contre nous? Parle, parle à l'instant.

— Rien de plus facile à deviner, intervint Anna en s'efforçant de délivrer sa nourrice de l'étreinte du régisseur. L'année dernière, vous le savez, l'impératrice a acheté le domaine de Pulinsko, voisin du nôtre. A dater de ce moment, nos paysans se sont imaginés qu'ils seraient plus heureux s'ils appartenaient au domaine de la couronne; plusieurs vieillards, les plus respectés dans nos cantons, sont venus, sous divers prétextes, vous demander des permissions de voyage : j'ai su, après leur départ, qu'ils avaient été choisis comme députés par les autres serfs, pour aller prier l'impératrice de les acheter, comme leurs voisins.

Divers districts des environs se sont réunis aux envoyés de Katchef, pour présenter une semblable requête. On assure qu'ils ont offert à Sa Majesté tout l'argent nécessaire pour acquérir le domaine du prince Neleskine : les hommes avec la terre.

Si je ne vous ai informé de ces tentatives, mon père, c'est que j'étais sûre d'avance qu'elles n'aboutiraient pas.

— Tu t'es trompée, puisqu'ils ont vu la tsarine.

— L'impératrice elle-même n'est pas en état de les satisfaire : il lui faudrait acheter toute la Russie.

— Les coquins ! rugit Mirowitch : ils trouvent de l'argent dès qu'il s'agit d'offrir à l'impératrice de riches présents, et ils font les mendiants avec nous. Ah ! si nous étions plus sages, nous les traiterions autrement, et leur ôterions jusqu'à la corde avec laquelle ils veulent nous étrangler.

— Vous n'aurez pas ce plaisir, monsieur l'intendant, dit d'une voix basse et douce un jeune homme qui s'était avancé sans être vu.

Il se tenait debout, sans crainte, la toque à la main, devant une cépée d'osiers d'où il venait de sortir.

— Ah! te voilà, vaurien! s'écria Mirowitch.

— Youri, tu ne me dis rien; m'as-tu donc oubliée, moi qui me suis toujours souvenue de toi? dit Anna d'une voix émue.

— Moi, vous oublier! s'exclama le jeune homme en levant vers le ciel un regard qui intimida la jeune fille.

Anna était admirablement belle, elle était grande et mince : sa taille, un peu frêle, avait une grâce singulière; à la voir effleurer l'herbe encore blanche de la rosée, on eût dit le dernier rayon de la lune fuyant devant l'aurore sur le lac immobile.

Elle partageait ses cheveux en bandeaux sur son front haut et d'un blanc d'ivoire; ses yeux d'azur, bordés de longs cils noirs recourbés, et qui faisaient ombre sur des joues fraîches, mais à peine colorées, étaient transparents comme une source d'eau limpide; ses sourcils, parfaitement dessinés, mais peu marqués, étaient cependant d'une teinte plus foncée que celle de ses cheveux; sa bouche, assez grande, laissait voir des dents si blanches que tout son visage en était éclairé; ses lèvres roses brillaient de l'éclat de l'innocence.

4.

Youri, son frère de lait, était un des plus beaux hommes du pays. Il avait une stature élancée, souple et naturellement élégante; sa tête, bien placée sur ses épaules larges, basses et merveilleusement modelées, affectait d'elle-même le plus noble port.

Il avait un profil grec, des yeux bleu de faïence, mais scintillants de jeunesse et d'esprit; une jeune barbe blonde, courte, frisée, soyeuse, enfin une force musculaire rare jointe à une remarquable agilité.

Le fils d'Olga portait la chemise de toile de couleur, à petites raies, coupée juste au cou, et fendue seulement sur le côté autant qu'il le fallait pour donner passage à la tête; deux boutons, fixés entre l'épaule et la clavicule, fermaient l'étroite ouverture.

Ce vêtement de paysans russes rappelait la tunique grecque, et retombait en dehors par dessus le pantalon caché jusqu'au genou.

Depuis le jour où Youri avait subi le supplice ordonné par Mirowitch, un triste abattement moral se peignait sur son beau visage. Le châtiment, infligé sous un prétexte vague, n'avait point été l'effet d'un simple caprice du régisseur. Anna n'en avait pas deviné la cause, mais cette cause n'avait point échappé au jeune homme.

Youri, de retour après un an d'absence, restait immobile et silencieux devant Anna.

La jeune fille, attribuant le chagrin qui semblait consumer son frère de lait aux souvenirs pénibles de l'humiliation d'autrefois, crut que sa plaie toujours saignante s'adoucirait au contact de l'amitié.

En le quittant, elle promit d'aller le voir souvent dans la cabane de sa nourrice.

Plusieurs jours s'écoulèrent pendant lesquels Mirowitch s'absenta fréquemment.

Anna, douloureusement impressionnée de la mélancolie de Youri, ne vit que sa nourrice.

Un soir qu'elle était seule au château, occupée à lire, Olga se présenta soudain devant elle.

— Que me veux-tu si tard? demanda la jeune fille.

— Venez prendre votre thé chez moi.

— Il est bien tard, et je n'ai pas coutume de sortir à cette heure.

— Venez cependant, il le faut.

Anna, habituée aux allures brusques et mystérieuses des paysans russes, crut que sa nourrice lui destinait quelque surprise.

Elle se leva et la suivit.

Le village était désert. Anna le crut endormi, et ne s'inquiéta pas autrement du silence profond qui régnait de toutes parts.

Une lueur subite apparut à l'horizon.

— Quelle est cette clarté? s'écria la jeune fille épouvantée.

— Je ne sais, répondit la vieille en hésitant; ce sont peut-être les derniers rayons du jour.

— Non, non, reprit Anna, c'est un village qui brûle.

Oui, un château, dit Olga d'une voix sourde: c'est le tour des seigneurs.

— Explique-toi! s'écria la jeune fille en saisissant le bras de sa nourrice d'une main tremblante.

— Hâtons-nous, recommanda le vieille; je dois vous conduire plus loin que notre chaumière.

— Ou prétends-tu donc me mener?

— En un lieu sûr, car il n'y a plus de sécurité pour vous à Katchef.

— Et mon père, où est-il.

— Il est sauvé.

— Sauvé, et de quel péril? Ah! tu cherches vainement à me tranquilliser.

— Je vous jure qu'il ne court aucun péril : mon fils l'a caché au risque de sa propre vie, car tous les traîtres périront cette nuit.

— Quelle générosité à Youri d'avoir sauvé mon père!

— Mademoiselle, je ne suis point généreux, dit Youri en s'approchant pour soutenir Anna prête à défaillir.

Le jeune homme, n'osant accompagner sa mère jusqu'au château de Katchef, s'était tenu à la tête du pont, caché à quelque distance; puis, il avait suivi de loin les deux femmes afin de protéger la fuite d'Anna, sans se laisser voir; le saisissement qu'éprouvait sa sœur de lait le força de se montrer.

Mais celle-ci, recouvrant bientôt son énergie demanda;

Youri, qu'y a-t-il?

— Les paysans sont libres, et ils se vengent. Ils ne voient plus que des ennemis dans leurs anciens maîtres, et ils les ont voués à l'extermination. Fuyons, fuyons, le temps presse.

— Ah! tu me fais frémir.

— J'étais désigné avec les plus jeunes et les plus braves pour marcher sur la ville voisine, reprit Youri tout en forçant sa compagne à presser le pas ; mais comme nous sommes les plus forts, j'ai pensé que je pouvais m'abstenir de la première expédition, et j'ai manqué sciemment à mon devoir pour avertir votre père. Prévenu à temps, par moi, il s'est réfugié dans une cabane dépendant des domaines de la couronne.

Cette démarche m'a retardé ; pourtant j'espère vous sauver encore.

— Mais toi, tu es perdu ! sanglota sa mère.

— Perdu ! perdu pour moi ! interrompit Anna.

— Il a déserté à l'heure du combat, reprit la vieille ; il est coupable, et on le tuera.

— Je l'ai mérité !

— Eh bien ! tu fuiras, tu te cacheras avec moi, dit Anna.

— Jamais !

— Et où nous conduis-tu ?

— D'abord chez un frère de ma mère, qui n'a plus sa tête, et qui ne nous trahira pas ; ma mère restera auprès de lui. Quant à vous, mademoiselle, vous changerez d'habits, afin de ne pas être reconnue, et avant la fin de la nuit je tâcherai de vous faire arriver à la retraite où j'ai laissé votre père.

Les trois fugitifs poursuivirent leur route en silence et sans accident jusqu'à la porte du vieux paysan.

Ils entrèrent en poussant le loquet avec précaution, car elle n'était pas fermée à la clé. Le vieillard dormait sur un des bancs rustiques rangés le long des parois; une petite lampe brûlait, suspendue devant une madone; une bouilloire pleine d'eau chaude, une théière et quelques tasses étaient restées sur la table.

Youri, ayant allumé une lampe à celle de l'image, conduisit sa mère et sa sœur de lait dans une espèce de soupente, au-dessus de la pièce d'entrée, et remit à Anna un paquet renfermant d'autres vêtements.

Youri, demeuré seul, s'assit sur la première marche de l'escalier, et attendit, la tête penchée dans ses mains.

A peine avait-elle dénoué le paquet, que Youri se leva, anxieux, et siffla doucement pour appeler sa mère.

— Que veux-tu? demanda celle-ci à voix basse.

— J'entends des pas ; éteignez votre lampe, elle brille à travers les fentes ; surtout, ne faites aucun mouvement.

La lumière éteinte, quelques moments se passèrent; puis une porte s'ouvrit, et un homme entra, couvert de sueur et de sang.

— C'est toi, Michel, dit Youri en allant au-devant de l'étranger : tu es seul?

— Un détachement de nos gens m'attend devant la porte.

— Veux-tu du thé?

— Oui.

— En voici.

Michel se mit à vider à petites gorgées la tasse que Youri lui avait versée.

Le nouveau venu portait une marque de commandement sur la poitrine. Vêtu comme les autres paysans, il était armé d'un sabre nu et ensanglanté; sa barbe épaisse et rousse lui donnait un air dur, et son regard était fauve; il avait le corps trapu, court, le nez camus, le front bas et bombé, les pommettes saillantes.

— Où as-tu pris ce sabre, s'enquit Youri.

— C'est celui d'un officier que je viens de tuer dans la ville, où nous sommes entrés victorieux: nous avons massacré qui conque a refusé de se joindre à nous, femmes et enfants.

Youri se taisait.

— Tu n'as pas l'air content de notre triomphe? reprit Michel.

— Je n'aime pas qu'on tue les femmes.

— Ah! cela t'attriste. Et dire que c'est ton fol amour pour la fille de Mirowitch, notre mortel ennemi, qui t'a perdu!

— Moi! de l'amour pour elle! de l'amitié, oui...

— A d'autres, conte cela à d'autres. Ne sais-je point que, pour te punir, non pas de je ne sais quelle faute inventée par lui, mais de ton secret amour pour Anna, il t'a fait fouetter cruellement. De plus, il voulait te faire partir du pays avant que le mal ne fût sans remède.

Youri frissonnait de colère.

— C'est dommage que tu te sois épris de la sorte.

— Pourquoi?

— Parce que nous verserons jusqu'à la dernière goutte du sang de Mirowitch.

— Mais Anna ne vous a jamais fait que du bien.

— Elle est sa fille, c'est assez.

— Vous ne commettrez pas un tel crime!

— Qui nous en empêchera?

— Moi.

— Toi ! un traître ! Toi qui es mon prisonnier , toi qui as déserté l'armée de tes frères pour...

Il ne put achever.

Depuis quelques instants, Youri avait tiré son poignard, et se préparait à frapper. Bondissant sur Michel comme un tigre, il lui enfonça l'arme jusqu'au cœur.

Les derniers râlements du mourant ne pouvaient être entendus du dehors.

Youri, se hâtant de rassurer sa mère d'un mot, voulut aller rallumer sa lampe éteinte. Mais, en passant devant le vieillard endormi, celui-ci se réveilla en sursaut.

Et, jetant un regard effaré autour de lui, il s'écria , à la vue du sang et du cadavre.

— A l'assassin ! à l'assassin !

A ces cris, que Youri ne put arrêter, la troupe de Michel accourut. Six hommes armés et munis de cordes, sautèrent sur le jeune homme et le garrottèrent.

— Où me conduisez-vous? demanda-t-il d'une voix rauque.

— A Katchef, pour t'y brûler avec Mirowitch... Tu vois que ta trahison ne l'a pas sauvé.

Youri, sans proférer une parole, baissa la tête et suivit ses bourreaux.

Une foule immense se joignit au cortége du jeune homme, durant le trajet.

Enfin on arriva sur la place du château. L'édifice,

construit tout en bois, était devenu un immense bûcher dont la flamme s'élevait jusqu'au ciel.

Les paysans qui avaient cerné le manoir avec des barques, avant d'y mettre le feu, croyaient avoir brûlé Anna dans l'habitation même de son père.

Mirowitch, chargé de liens, attendait, couché au pied d'un poteau, l'heure de son supplice.

Youri fut introduit dans le cercle fatal. Le supplice de Mirowitch allait commencer.

Tout à coup, un murmure d'épouvante s'éleva de la foule.

— Un spectre ! un spectre ! s'écriait-on de tous côtés.

En même temps, une voix de femme retentit :

— Arrêtez ! disait-elle avec un accent déchirant.

Et Anna vint tomber, expirante, aux pieds de Youri.

Le jeune homme, immobile de saisissement, était devenu insensible à ses liens.

Alors, le chef de égorgeurs ordonna le supplice de Mirowitch.

Pour lui rendre la mort bien plus affreuse, on plaça devant ses yeux Youri et Anna, assis et liés à peu de distance, sur une grossière estrade construite à la hâte.

Puis on coupa au régisseur, à plusieurs reprises, les pieds et les mains, l'un après l'autre ; et quand le tronc mutilé fut épuisé de sang, on le laissa mourir en lui souffletant la tête de ses propres membres.

Lorsque le père eut expiré, on voulut immoler la

fille. Déjà on allait la saisir , quoiqu'elle fût immobile et froide.

A ce moment, Youri, brisant ses liens par un effort surnaturel, se précipita vers sa sœur de lait , et s'adressant aux bourreaux :

— Vous ne la toucherez pas, dit-il : elle est folle !

— Folle ! répéta la foule superstitieuse: Dieu est avec elle !

Et les meurtriers s'éloignèrent avec un respect involontaire.

La multitude, saturée de sang , voulut qu'on remît le supplice du jeune homme à la nuit suivante.

Dans l'intervalle , des forces considérables arrivèrent de plusieurs côtés. Dès le matin, tout le pays révolté était cerné, et les soldats décimaient les villages.

Bien que Youri ni sa mère n'eussent point pris une part active au carnage, ils furent déportés en Sibérie.

Anna rejoignit son frère de lait sous ces climats mortels , et l'épousa ; mais , six mois plus tard , elle mourait dans ses bras , tuée par cette température inexorable.

Youri passa quinze ans en Sibérie , sans obtenir aucun adoucissement à son sort. Sa mère y mourut peu de temps après Anna. A la fin, le proscrit s'évada de son exil, et ne crut pas pouvoir mieux se cacher qu'à Pétersbourg.

A l'heure où il entre en scène dans ce récit, il y avait deux ans seulement qu'il était de retour. Il avait changé de nom, et on ne le connaissait plus que sous celui de Fédor.

Il avait rapporté de son bannissement une haine immense contre le régime moscovite, qui provoque d'horribles soulèvements, et punit ensuite sans discernement.

Cet homme était donc une précieuse recrue pour Ryala et le prince Radziwil, car il connaissait à fond l'esprit des populations russes, et son intelligence devait être d'un grand secours.

VI

A ROME.

La traversée de Kronstadt à Travenünde, jointe aux émotions du départ, avait fatigué Tarakánof.

Le palatin résolut donc de s'arrêter quelques jours à Lubeck.

La saison était belle encore, et les environs de la ville offraient un aspect agréable. L'air frais des prairies, le paysage uni et tranquille, les vergers et les rameaux épars dans les herbages étaient propres à procurer le calme et dissiper les dernières traces des inquiétudes-passées.

Aussi Elisabeth recouvra bientôt ses forces; elle se sentait renaître dans ces longues promenades du côté de la mer, à travers ces riants pâturages animés par de nombreux troupeaux, et ne finissent qu'à la grève : ni gravier, ni galet, ni vase ne séparent la grève de l'herbe ; l'eau salée baigne le gazon.

Au bout d'une semaine, les fugitifs se remirent en route, se dirigeant lentement vers la France.

Le gouvernement de ce pays s'était de tout temps interressé au sort de la Pologne menacée. Catholique et ayant à redouter l'agrandissement de la Prusse, assisterait-il, les bras croisés, au démembrement d'une nation catholique elle-même, au profit de schismatiques et d'hérétiques ?

Bien que Radziwil connût la déplorable politique de Louis XV, il espérait encore. Il se flattait du moins que ce prince lui prêterait un concours efficace, lorsqu'il tenterait, à la tête des Polonais, de reconstituer l'indépendance nationale et de substituer la princesse Elisabeth à Catherine.

Si le palatin eût réfléchi davantage, il eût compris que le misérable monarque qui, pour ne pas troubler ses infâmes plaisirs, avait laissé conquérir aux Anglais l'Inde française, ne ferait absolument rien pour la Pologne.

Peut-être comptait-il insister plus particulièrement sur les considérations religieuses ; les Bourbons qui occupaient trois trônes en Europe, celui de France, celui d'Espagne et celui de Naples, se posaient en défenseurs de l'Église, et se servaient de la foi des peuples comme d'un instrument de règne.

De ce chef, Radziwil espérait que ses demandes seraient écoutées.

Il arriva à Paris au milieu du mois d'octobre de l'année 1774, et descendit avec la princesse Tarakanof, Madame de Vigneulles, le comte et la comtesse de Lacy, dans un hôtel voisin du Palais-Royal. C'était là qu'un de ses agents devait venir le trouver pour lui donner des nouvelles de Russie.

Le palatin prit quelques précautions afin d'échapper aux investigations des émissaires moscovites. Ainsi, évitant de donner son nom, il se fit inscrire sous celui de Breiz, et la princesse passa pour la fille de madame de Vigneulles.

Bientôt il s'occupa de voir les ministres, le roi lui-même, mais il acquit promptement la conviction que toutes ses tentatives seraient inutiles.

Louis XV, dominé par le vice, livré à une inexorable noblesse, terminait sa vie ignominieuse en traînant avec lui la France dans la fange.

Quant aux ministres, leurs intérêts personnels les absorbaient bien plus que ceux de la nation.

En outre, Radziwil s'aperçut que les querelles religieuses excitées par la suppression des jésuites, étaient l'œuvre de la passion et non celle de l'amour du bien public.

Au lieu de travailler au bonheur de leurs peuples, les princes de la maison de Bourbon n'avaient en vue que de consolider leur domination absolue, qu'ils croyaient, à tort ou à raison, menacée par la célèbre société.

Mettant en avant le salut de l'église, ils fatiguaient

le pape de leurs obsessions, l'effrayaient, et essayaient de lui arracher le décret qui sanctionnerait leur entreprise.

Le palatin comprit vite qu'il n'avait rien à faire à Versailles. Accueilli avec indifférence par les ministres, il eut une audience du roi, qui le renvoya à ses secrétaires d'Etat, comme un homme complétement désintéressé des affaires de sa couronne.

— Après moi, le déluge! avait dit un jour l'ignoble monarque.

Radziwil, a demi découragé, conçut un profond mépris pour le régime qui menait la France à la décadence.

Les entretiens qu'il eut avec divers représentants des nations catholiques de l'Europe, lui apprirent que, partout, l'égoïsme le plus insolent dominait la pensée des gouvernants.

Il en conclut que l'Europe chrétienne finissait. Habitué à voir les peuples identifiés à leurs gouvernements par la tyrannie, il ne pressentit pas qu'une crise approchait, destinée à développer les germes de résurrection déposés par le christianisme au sein des nations baptisées.

A une décrépitude manifeste, arrivée au dernier terme, allait succéder une ère nouvelle. La transformation, issue des principes lalents semés par la religion, devait produire des fruits de vie et de grandeur.

Le progrès sortirait de la crise. La tempête prochaine enfanderait un monde plus jeune, purifierait le firmament, et ouvrirait aux générations de splendides horizons.

Dès lors les regards du palatin se fixèrent plus que jamais sur Rome, le foyer divin d'où la vérité rayonne sur les peuples. Plein d'espoir encore dans l'autorité et l'action du pontife, il avait hâte de prendre la route de la ville éternelle.

Cependant il dut attendre à Paris quelques semaines, afin d'y recevoir des nouvelles de la Russie.

Ladislas, l'agent qu'il avait désigné pour venir le trouver en France, arriva au milieu du mois de novembre.

Le fidèle serviteur raconta à son maître l'impression produite à Pétersbourg par son brusque départ.

— La tsarine, furieuse, dit-il, a ordonné d'abord de vous poursuivre. Informée de l'insuccès des recherches, elle a ordonné ensuite de fouiller la ville, où elle soupçonnait que vous aviez laissé des émissaires.

— Et qu'a-t elle découvert ?

— Rien. Fédor et Ryala ne sont pas hommes à se laisser surprendre.

— Sais-tu autre chose ?

— Catherine se doute que vous êtes en France, et plusieurs affiliés sont partis pour vous surveiller et enlever la princesse, s'il est possible.

Crois-tu qu'ils soient ici déjà ?

— Je l'ignore.

— Les connais-tu ?

— Biaref m'a donné le signalement de quelques-uns; le plus à craindre appartient à la haute police moscovite.

Et Ladilas fit le portrait du personnage.

— J'ai vu cet homme à la cour de Russie, déclara le prince, il avait même un grade dans l'armée.

— C'est bien cela.

— Renseigne bien, à son sujet, mes serviteurs.

— Je n'y manquerai pas, maître.

— As-tu autre chose à m'apprendre ?

— Ryala et Fédor travaillent activement à nouer des intelligences avec les mécontents des provinces moscovites.

— Il faut mettre beaucoup de prudence.

— Personne ne le sait mieux qu'eux; aussi procèdent-ils avec une réserve extrême.

— Biaref et ses camarades sont-ils toujours au palais?

— Aucun d'eux ne l'a quitté. Ils occupent là un poste trop important pour qu'ils le désertent, surtout en ce moment.

— Connais-tu ce qui s'est passé en Pologne depuis mon départ ?

— La situation n'a pas changé. Les Russes et les Prussiens marchent lentement, mais sans trêve, à leur but. Le roi Poniatowski est plus que jamais un instrument entre leurs mains.

— Le malheureux ! Il a vendu sa patrie, et sa lâcheté précipite la catastrophe.

Le palatin ne pensa plus qu'à partir pour Rome. Il donna longuement ses instructions à Ladislas, qui retourna le surlendemain en Russie. Il lui recommanda d'avertir Byala et Fédor d'envoyer quelques agents en Pologne, afin de préparer les esprits, quand il en serait temps, au mouvement qu'il méditait.

Le serviteur du prince lui recommanda instamment de ne point s'arrêter dans les ports italiens, principalement à Livourne, où les navires moscovites stationnaient fréquemment au retour du Levant.

— Nous nous embarquerons à Marseille, sur un vaisseau français, dit Radziwil, et nous irons directement à Civita-Vecchia.

En effet, cinq jours plus tard, le palatin prenait la route de la Méditerranée avec madame de Vigneulles, la princesse et ses serviteurs.

Le comte et la comtesse de Lacy restèrent à Paris.

Le jeune homme, riche des libéralités de son ami, se proposait d'acquérir une terre dans sa province natale et de s'y établir, à moins que le palatin n'eût besoin de son épée.

Les voyageurs arrivèrent à Rome dans la première quinzaine de décembre.

Ils choisirent un logis près de la place Monte-Cavallo.

Le premier soin du prince fut de mettre en campagne ses serviteurs, afin de savoir si quelques émissaires moscovites ne l'avaient point suivi.

Le surlendemain, Jean, le valet du palatin, rentra, le soir, fort tard, et se rendit aussitôt dans la chambre de son maître.

— D'où viens-tu, à cette heure? demanda Radziwil.

— J'ai parcouru longuement le quartier en flâneur, et j'ai fait une découverte.

— Vraiment?

— Je crois n'avoir pas perdu mon temps : les moscovites sont actifs, mais ils ont affaire à des gens éveillés qui les connaissent de longue main.

— Voyons, de quoi s'agit-il ? s'enquit le prince dont la curiosité était excitée.

— Ladislas ne s'était point trompé.

— Comment cela ?

— Eh bien ! l'espion russe qu'il nous a si exactement décrit est sur nos traces.

— Il a déjà quitté Paris ?

— Sans doute, car il est à Rome.

— Tu l'as vu ?

— Il n'y a pas une heure.

— Et où l'as-tu rencontré ?

— Dans la rue voisine. Je regardais un étalage d'oranges et de citrons, lorsque j'ai senti une main se poser sur mon épaule.

Je me retourne brusquement, et je reconnais le comte Madzinof (c'était le nom du personnage). Avant que je lui eusse adressé une question, il me dit :

— L'ami, que fais-tu là ?

— Vous le voyez, répliquai-je en feignant la surprise : je contemple ces fruits magnifiques.

Jusque là, il m'avait parlé russe. Après m'avoir envisagé, il ajouta :

— Tu es Polonais ?

— Effectivement.

— Alors nous sommes compatriotes.

Il me proposa d'entrer au café le plus proché, et j'y consentis.

Là, il demanda deux tasses, et m'en offrit une.

Il me proposa ensuite un flacon de vin, et j'acceptai encore.

Croyant m'avoir délié la langue, il se mit à m'interroger.

— Depuis quel temps es-tu à Rome ? interrogea-t-il.

— Il y a quelques semaines déjà, répondis-je naïvement.

Il parut légèrement déconcerté, et ajouta aussitôt :

— Tu n'es pas venu seul ?

— Non : j'avais plusieurs compagnon de routes.

— Quelles affaires t'amènent en cette ville.

— J'aime à voyager.

— Mais, dans ta condition, il faut de l'argent.

— Evidemment.

Voyant que j'étais sur mes gardes, il changea de conversation, et me parla des curiosités de Rome. Je lui avouai que je les avais peu examinées encore.

Revenant ensuite au premier sujet de notre entretien, il reprit :

— Comptes-tu retourner bientôt dans ton pays ?

— Cela dépendra.

La nuit arrivait. Le comte se leva, et s'enquit de la maison où je demeurais.

— J'habite dans le voisinage.

Nous sortîmes ensemble, et je me proposais de faire un détour pour revenir ici.

Mais, à peine étions-nous à quelques pas du café, que Madzinof, portant un sifflet à ses lèvres en tira un son aigu.

A l'instant, quelques hommes débouchèrent de différents côtés, et s'approchèrent.

J'avais tiré une paire de pistolets, et visant le Moscovite:

— Au large, toi et tes affiliés ! lui dis-je, sinon je te brûle la cervelle.

Il s'éloigna avec des menaces, et ses hommes le suivirent.

Quand ils eurent disparu, je regagnai lentement la place Monte-Cavallo, non sans m'assurer que je n'étais point observé.

Voilà, maître, une aventure qui vous invite tous à la prudence; je ne serais pas surpris qu'il n'y eût, un jour ou l'autre, une tentative pour enlever la princesse.

— Tu as raison, et nous devons redoubler tous de vigilance. Demain, tu viendras avec moi chez le cardinal chargé de la police, tu lui raconteras le fait, et je le prierai de surveiller attentivement les moscovites actuellement à Rome.

De notre côté, nous les tiendrons à distance, tâche de débaucher un de leurs affidés, qui nous renseignera sur leurs démarches.

Le prince se rendit le jour suivant, comme il l'avait dit, à la police romaine, où il reçut le meilleur accueil. Le cardinal, investi du soin de maintenir le bon ordre dans la ville, s'empressa de signaler la maison du palatin à ses agents, leur prescrivant de ne point la perdre de vue la nuit.

De plus, sur la proposition de Radziwil, il consentit à mettre plusieurs de ses hommes en rapport avec les serviteurs du palatin.

Une semaine ne s'était pas écoulée que le prince

avait un pied dans le camp ennemi ; à force d'or, il avait acheté plusieurs moscovites aux gages du comte Madzinof, de sorte que pas un mouvement de l'agent russe ne lui échappait.

Une fois en sûreté de ce côté, il s'occupa de pressentir les cardinaux et le pape lui-même sur le concours qu'ils pourraient lui prêter pour l'exécution de son grand dessein.

Mais le moment n'était guère favorable pour une négociation de ce genre : depuis deux ans que Clément XIV siégeait sur le trône de saint Pierre, il était en butte aux obsessions impérieuses des princes de la maison de Bourbon, au sujet des Jésuites.

Ces monarques, non-contents d'avoir supprimé la société dans leurs Etats, insistaient de plus en plus pour arracher au pontife le décret de suppression.

Clément résistait de toutes ses forces. Les jésuites avaient rendu de grands services à l'Eglise ; ils jouissaient dans tout l'univers catholique d'une influence et d'une autorité que la haine des rois ne servait qu'à augmenter.

Le pape éprouvait donc de cruels embarras et d'inexorrables angoisses.

Et lorsqu'on voulait forcer le sancturire de sa conscience, violenter sa volonté, que pouvait-il pour la cause de la Pologne.

Radziwil ne tarda pas à juger par lui-même des difficultés qu'il éprouverait à réaliser son projet, en obtenant l'assentiment et le concours de Rome.

Néanmoins il voulut voir le pontife, et lui exposer franchement ses vues.

Admis à l'audience de Clément XIV un mois après son arrivée dans la ville éternelle, il lui traça le plus sombre tableau de l'avenir religieux de son pays, s'il tombait aux mains des Russes et des Prussiens. Il lui soumit son plan, le seul qui restât à tenter pour empêcher la catastrophe.

Le pape se contenta de gémir, et demeura silencieux.

— Très-saint Père, reprit le palatin, le sort de ma patrie infortunée est entre vos mains vénérables : avec votre aide, le mal peut encore, je le crois être conjuré.

— Hélas ! mon fils, vous ne comprenez pas mon impuissance, soupira le pontife.

— Un mot de vos lèvres augustes consacrera mon entreprise et me vaudra le concours de mes compatriotes.

— C'est un résultat incertain.

— L'espérance de l'obtenir ne mérite-t-elle pas la peine de le tenter ?

— Il est vrai : mais si vous échouez ?

— Eh bien, nous aurons la conscience de n'avoir rien négligé pour conserver à l'église catholique une nation toujours fidèle, qui fut son rempart contre les musulmans, et qui forme l'unique barrière aux envahissements de la Russie schismatique.

— Cependant, d'un autre côté, la prudence exige que je n'aliène point à ce siége apostolique l'esprit des monarques de Russie et de Prusse.

— Qu'importent, saint-père, leurs sentiments à votre égard ?

— Ils importent beaucoup, au contraire, il y a en

Prusse de nombreux catholiques, et les provinces moscovites en renferment également un certain nombre. Or, en secondant ostensiblement vos desseins, je risque d'attirer sur les fidèles dont je parle une persécution terrible.

— Catherine ne les épargne guère.

— Sans doute, je le sais ; mais alors elle les exterminera si elle peut.

Le prince insista encore, mais inutilement : Clément XIV ne put rien lui accorder, pas même une vague promesse.

Le palatin sortit de l'audience pontificale, l'âme découragée ; tous les appuis sur lesquels il avait compté, lui manquaient à la fois : les princes catholiques étaient indifférents, sinon hostiles, le pape avait les mains liées.

Il résolut d'attendre un temps plus propice, et de se tenir prêt à tout événement.

Désormais il ne devait plus compter que sur ses propres forces et sur ses compatriotes polonais.

Il résolut de vendre tous ses biens, s'il le fallait, pour soutenir les dépenses que réclamait sa gigantesque entreprise.

VI

LA TENTATION.

La princesse Elisabeth vivait tranquille à Rome, se reposant de tout sur madame de Vigneulles et sur le palatin, et ne soupçonnant pas les dangers qui les menaçaient de la part des moscovites.

Ingénieuse, confiante, naïve même avec une belle intelligence et une instruction sérieuse, elle ignorait les trames infernales et jusqu'aux manœuvres de l'intrigue.

Jugeant tout le monde d'après sa droiture et sa simplicité naturelle, il était facile de la déterminer quand on lui expliquait les motifs qui commandaient d'agir.

Pieuse et sincèrement catholique, elle aimait à fréquenter les sanctuaires de Rome. Admise un jour en la présence du souverain pontife, elle n'avait consulté, en cette heure précieuse, que les mouvements de sa foi; et avait omis de faire parler les intérêts de son avenir.

Sa beauté s'était développée encore, et la dignité de son rang brillait sur sa noble fig

Elle aimait madame de Vigneulles comme une mère, et s'appliquait à la dédommager de l'absence de sa fille,

demeurée en France, à force de soins et de témoignages de tendresse.

Tous les serviteurs d'Élisabeth la chérissaient, tant
elle était bonne et gracieuse pour eux tous.

Sur le trône, on sentait que la fille des tsars eût été
l'idole de ses sujets.

Depuis qu'elle était à Rome, Radziwil ne lui avait
plus parlé de ses propositions de mariage, et elle
s'était abstenue de les lui rappeler, non qu'elle répu-
gnât à l'alliance du palatin, mais, en ceci comme en
beaucoup d'autres choses, elle suivait passivement
l'impulsion qu'on lui imprimait.

C'était là le défaut de cette nature si richement
douée d'autre part : dénuée de l'expérience des choses
de la vie, elle était trop disposée à s'en rapporter à
autrui. Cet excès de déférence pouvait produire, dans
sa situation, de funestes résultats.

Cependant le palatin avait la pensée bien arrêtée
d'épouser la princesse Tarakanof. Son ambition était
aussi grande que ses desseins, et la perspective d'un
trône, dans la révolution qu'il méditait, flattait son
orgueil, encourageait ses efforts et l'excitait à braver
tous les obstacles.

S'il avait ajourné la réalisation de son vœu, ce n'é-
tait point par discrétion, mais par calcul.

Voyant que l'appui des monarques catholiques et
celui du pape lui manquaient, il retarda indéfiniment
le mariage.

Si le pontife eût pu lui prêter un concours osten-
sible, immédiat, le palatin n'eût pas hésité ; il aurait
reçu, aux yeux de l'opinion, une consécration puis-

sante; il se serait présenté devant ses compatriotes avec la sanction du vicaire du Christ, et nul n'eût réclamé ni élevé une protestation.

Mais la question, maintenant, se présentait sous un aspect bien différent : marié à la princesse Elisabeth, il eût paru ne revendiquer que pour lui-même le commandement en Pologne et le trône en Russie. Dès lors, les hésitations se seraient produites, les rivalités, les hostilités mêmes

La sagesse exigeait donc, dans l'état actuel des affaires, que l'héritière des tsars, libre de sa main, s'offrît aux populations dans la dignité de son rang.

Radziwil communiqua à la princesse et à madame de Vigneulles l'inutilité de ses démarches à Rome, et leur déclara qu'il ne devait plus, désormais, compter que sur lui-même.

— Mais, ajouta-t-il, mes espérances restent entières ; ma fortune est considérable, et je vais donner des ordres pour qu'elle soit complétement employée à préparer les voies.

Dans ce but, le palatin attendait avec impatience quelques-uns de ses émissaires, afin de leur donner des instructions précises et de les renvoyer en Pologne pour commencer les premiers préparatifs.

Ils arrivèrent au mois de juin, mais ils apportaient de funestes nouvelles.

Les Moscovites, vainqueurs des Turcs, étaient retournés en Pologne.

Le roi de Prusse, craignant que la proie qu'il convoitait ne lui échappât, communiqua ses appréhensions et ses projets à l'impératrice d'Autriche, Marie-

Thérèse, et, d'un commun accord on conçut l'idée de démembrer la Pologne.

Cent mille Prussiens d'un côté, et cent mille Autrichiens de l'autre cernèrent la République, dont quarante mille Russes occupaient déjà toutes les villes principales.

Après des combats meurtriers, on délogea les Polonais des forteresses qui leur restaient.

Enfin, on publia une proclamation qui ordonnait de poursuivre et de juger comme brigands ceux qui résisteraient.

La lutte devenait impossible, et les derniers défenseurs de la République disparurent.

Les trois puissances ennemies de la Pologne discutèrent l'acte de partage.

Ce résultat, nous l'avons dit, était prévu depuis longtemps par Radziwil; mais il fut surpris par la brusquerie du dénouement.

Ce n'était pas tout : Ladislas, venu cette fois avec deux de ses camarades, annonça au palatin que tous ses biens avaient été confisqués par l'ordre de la tsarine, même son palais de Varsovie, de sorte qu'il ne lui restait plus un seul domaine en Pologne ou en Lithuanie.

Depuis cinq mois, aucun de ses nombreux agents n'avait pu être payé, et beaucoup déjà s'étaient débandés pour vivre.

Ces nouvelles consternèrent le prince; elles brisaient ses dernières espérances et anéantissaient tous ses moyens d'action.

Humilié profondément dans son orgueil, il dissimula quelque temps à la princesse Tarakanof l'écroulement de son plan.

Pour faire face aux dépenses considérables exigées par sa situation et celle de sa protégée, il dut vendre successivement ses diamants de famille.

Ses ressources s'épuisaient peu à peu, malgré l'économie qu'il s'efforçait de mettre dans sa dépense personnelle. Il commençait à envisager l'avenir sous de sombres couleurs. Devenu triste et taciturne, il faisait de longues promenades solitaires dans les environs de Rome, réfléchissant vainement aux moyens à prendre pour rétablir sa fortune.

L'horizon s'obscurcissait davantage de jour en jour.

Le partage de la Pologne ne tarda pas à être un fait accompli.

Le pape, incapable de résister plus longtemps à la pression des rois Bourbons, signa enfin le bref de suppression de l'ordre des jésuites.

Catherine et Frédéric II, comme pour infliger au pontife une leçon humiliante, ouvrirent leurs États aux proscrits.

Un jour que Radziwil errait au Colysée, parmi les ruines immenses de l'antique amphithéâtre, il se trouva tout-à coup en face d'un personnage qu'il reconnut aussitôt pour un Moscovite.

Il allait s'écarter en silence ; mais le Russe, qui n'était autre que Madzinof, l'arrêta du geste en lui disant :

— Prince, il y a longtemps que je désire m'entretenir avec vous, mais je n'ai point osé, jusqu'ici, me présenter dans votre demeure, craignant d'être écondiut.

Le palatin, surpris, hésita d'abord sur la réponse qu'il ferait. La haine bouillonnait dans son cœur. Pourtant il jugea utile de se contenir, et, la curiosité aidant, il résolut de se prêter à ce qu'on réclamait de lui.

— Qui êtes-vous? demanda-t-il.

— Je suis le comte Madzinof.

— Oui; j'ai entendu parler de vous, fit Radziwil d'une voix sourde... et vous êtes à Rome depuis plusieurs mois?

— Depuis une année environ.

— Qu'avez-vous à me dire?

— Il s'agit d'une communication importante relative à vos intérêts.

— Mes intérêts! fit le palatin avec amertume; grâce à votre souveraine, je serai bientôt en ce monde pauvre comme Job. Tous mes biens confisqués, les persécutions exercées contre moi, l'espionnage organisé sur mes pas...

— Avouez, prince, interrompit le Moscovite, que vous avez donné prétexte à ces rigueurs.

— Et de quelle façon?

— Par votre fuite.

— N'étais-je pas libre de quitter la Russie? Je ne suis pas né sujet moscovite, moi.

— Non, il est vrai; mais vous aviez demandé et reçu l'hospitalité à Pétersbourg; la tsarine vous honorait de ses sympathies, de ses bontés même. Or, comment avez-vous répondu à ces faveurs? Vous avez enlevé

une jeune fille, avec l'intention formelle de préparer
une rivale à l'impératrice.

Le palatin voulut se récrier.

— Ne niez pas, reprit le comte, nous savons tout.

— Alors, n'ai-je pas raison de me plaindre de la
surveillance dont on m'a entouré?

— Le devoir de l'impératrice n'est-il pas de préserver ses États de toute agitation?

Radzivil se tut.

— Cependant, poursuivit Madzinof, la tsarine vous
veut plus de bien que vous ne vous l'imaginez.

Le palatin haussa les épaules.

— La preuve de ce que vous avancez là est faite,
murmura-t il avec un rire sardonique.

— Permettez que j'achève : je sais, de source certaine, qu'il ne tient qu'à vous de rentrer dans votre
patrie.

— Qu'y ferai-je, dépouillé de ma fortune? Je pré-
fère rester ici.

— Vous obtiendriez également la réintégration dans
tous vos biens, et même les bonnes grâces de la tsarine.

Radziwil enveloppa son interlocuteur d'un regard
investigateur, afin de s'assurer qu'il parlait sérieusement. Ce rapide examen le convainquit que les propositions du comte n'étaient point faites pour railler
sa misère.

Il devint pensif.

— Vous refusez? insista Madzinof.

— L'Impératrice mettrait, sans doute, quelques
conditions à la faveur qu'elle m'accorderait.

—Assurément; je vous dirais le contraire, que vous ne le croiriez pas. Mais, que vous importe, si ces conditions sont acceptables?

— Voilà la question.

— Or, elles le sont.

— Qui vous l'a dit?

— Elle-même.

— Ainsi, c'est en son nom...?

— Oui, c'est en son nom et par ses ordres que je m'adresse à vous en ces termes.

— Qu'exige de moi la tsarine?

— Peu de chose.

— Mais encore?

— Votre retour en Pologne... à Vilna.

— La Lithuanie lui appartient maintenant? fit le prince d'un air rêveur.

— Elle lui appartient en vertu du traité signé récemment.

— Telle est l'unique condition?...

— C'est la seule. Une fois votre détermination arrêtée, vous en informerez l'impératrice par mon intermédiaire, et elle ordonnera immédiatement que vos domaines vous soient rendus.

— Je devrai quitter Rome sur-le-champ.

— La tsarine le veut. Vous retournerez en Pologne avec la princesse Tarakanof.

— Quoi! la tsarine exige que je lui livre la jeune fille?

— Vous vous exagérez, prince, les conséquences de cet acte. Votre protégée ne vivait-elle pas en paix à Pétersbourg quand vous l'avez décidée à partir?

5.

— J'en conviens.

— N'est-elle pas née en Russie?

— Sans doute.

— Eh bien, pour quel motif, désormais, demeure-rait-elle en cette ville?

— Qui me répond que sa liberté serait sauve en Russie ou en Pologne?

— La parole de l'impératrice, répondit le comte sans sourciller.

Radziwil, qui supportait mal la misère et que sédui-sait la perspective de recouvrer ses biens, n'osa mettre en suspicion la bonne foi de Catherine.

Néanmoins, il ne put se résigner à exposer la prin-cesse aux vengeances de la tsarine, et déclara nette-ment qu'il ne se chargeait point de la reconduire en en Russie.

— Il me faudrait employer la force, ajouta-t-il, et je n'ai pas le droit d'user de violence, mon honneur s'y refuse.

Le comte, voyant qu'il ne réussissait point à vaincre les résistances du palatin, cessa de le presser sur ce point.

Quant au premier, celui du retour de Radziwil, il fut arrêté séance tenante, et Madzinof donna rendez-vous pour le lendemain au prince, dans la maison qu'il habitait.

Le palatin sortit de cet entretien l'âme en proie à une vive agitation, quoique sa décision fut prise ir-révocablement. Il sentait qu'il y avait de la lâcheté, pour ne pas dire davantage, à délaisser la princesse, arrachée par lui de son palais de Pétersbourg, alors qu'elle n'y courait aucun danger imminent. Mais il cherchait à excuser cet acte devant sa propre conscience, par l'impossibilité où il était de rien tenter pour Élisabeth, et même de lui procurer une existence princière; il n'empirait pas la situation de l'héritière des tsars en la laissant seule à Rome avec sa gouvernante.

Ainsi raisonnait Radziwil, cherchant à se faire illusion à lui-même.

Il se disait encore, qu'une fois redevenu possesseur de ses biens, il lui serait facile de faire passer d'abondants subsides à la princesse.

Cependant il résolut de lui taire ses pourparlers avec l'agent moscovite, et de colorer d'un prétexte plus ou moins plausible son prochain départ.

A son retour chez lui, Radziwil, à son grand étonnement, apprit l'arrivée à Rome du comte et de la comtesse de Lacy. Cette visite, en pareille circonstance, lui était pénible et même désagréable.

Aussi, ce fut avec une contenance embarrassée qu'il reçut son ami.

Le comte, surpris de cet accueil presque froid, demanda au palatin s'il n'avait pas subi de nouveaux revers.

— Que peut-il m'arriver de plus fâcheux que la perte de ma fortune qui me réduit à peu près à l'indigence? répondit le prince.

— Ce que je possède est à votre disposition, reprit le comte.

— Merci, mille fois; je connais votre cœur, votre

dévouement, et j'étais sûr que vous me feriez cette proposition.

— Vous acceptez? fit le comte avec un mouvement de joie.

— Non, je refuse.

Ce fut au tour de la comtesse d'insister.

— La meilleure part de nos biens vient de vous, prince; et il est de toute justice que vous la repreniez au jour du malheur.

— Je n'y consentirai jamais.

— Votre résistance nous contriste, dit le comte, et me fait regretter d'avoir été l'objet de vos bienfaits.

— Consolez-vous, amis; il ne dépend que de moi de recouvrer mes domaines.

— Serait-il vrai?

— Rien de plus certain.

— Ainsi, l'impératrice de Russie vous restituerait ce qu'elle vous a confisqué?

— Elle me l'a fait offrir d'elle-même sans que je le sollicitasse.

— Une telle générosité me confond.

— Pourtant elle y met une condition.

— Et cette condition, est-il en votre pouvoir de la remplir?

— Je le crois.

Il y eut un silence. Le prince hésitait à achever, et le comte n'osait l'interroger.

Enfin Radziwil ajouta :

— Il faut que je retourne en Pologne.

— Et la princesse, que deviendra-t-elle en votre absence?

— Sa situation, moi parti, ne sera pas plus mauvaise qu'aujourd'hui, loin de là. Dépouillé de mes richesses, je suis hors d'état de la soutenir, tandis qu'en les retrouvant, il me sera facile de lui être utile. Toutefois, pour différents motifs, je tiens à ce que la princesse ignore le but de mon voyage. Je lui expliquerai que ma présence est nécessaire en Allemagne..., en Pologne, pour ses intérêts, et je vous prie de lui tenir le même langage.

— Je vous le promets.

La comtesse de Lacy prit le même engagement. Le lendemain, Radziwil eut une seconde entrevue avec le comte Madzinof, qui tenta encore de le décider à emmener la princesse Tarakanof; mais le palatin résista énergiquement, déclarant qu'il préférait la pauvreté, l'exil éternel, au marché qu'on lui proposait.

Le Moscovite comprit qu'il fallait céder définitivement sur ce point. Il fut convenu que le prince partirait au plus tôt, c'est-à-dire dès que la tsarine aurait confirmé les promesses de son émissaire.

Deux mois s'écoulèrent, pendant lesquels Radziwil revit fréquemment le comte Madzinof. Ses rapports avec le comte de Lacy avaient pris un caractère de réserve et d'embarras gênant pour tous deux.

Le palatin sentait que son ami s'expliquait mal sa conduite, et le comte éprouvait un vif chagrin des allures mystérieuses de Radziwil, et de sa réconciliation étrange avec les Russes.

Madzinof, qui connaissait parfaitement l'ancienne intimité du prince avec le jeune seigneur français, manœuvra avec adresse pour la rompre complètement. Il fit savoir sous main, au comte de Lacy, que Radziwil, pour recouvrer ses biens et les faveurs de Catherine, avait consenti à abandonner Élisabeth.

A cette nouvelle, qui lui parvint entourée des preuves les plus convaincantes, le comte fut plongé dans une affliction profonde. Il ne pouvait se décider à regarder comme un lâche l'homme qu'il avait estimé si haut et si sincèrement aimé. Mais les faits étaient là, patents, irrécusables, et il dut se rendre à l'évidence.

Dès lors, une froideur de plus en plus glaciale s'établit entre les deux anciens amis ; leurs relations se bornèrent à l'échange de rares visites dictées par la politesse.

D'autre part, le comte et sa femme passaient une partie de leurs journées chez la princesse Tarakanof, comme pour la dédommager à l'avance du délaissement de celui qui l'avait tirée de Pétersbourg pour la jeter sur la terre étrangère. En réalité, leur but était de veiller sur elle, car ils redoutaient les intrigues moscovites.

Enfin la réponse de l'impératrice arriva. Elle accordait au prince un pardon complet, flétrissure qui ne l'émut aucunement ; car il ne songeait plus qu'à ses domaines et à la jouissance de ses honneurs perdus par l'exil.

Le palatin annonça à ses agents qu'il allait rentrer avec eux en Pologne, et se présenta chez Élisabeth pour prendre congé d'elle.

— De loin, eut-il l'audace de lui dire : Je veillerai

sur vous, Madame, et vous sentirez bientôt les effets
de mon dévouement.

— La jeune fille le remercia en versant des larmes, et
crut à ses protestations.

Le comte de Lacy, qui était présent, rougit de la
duplicité de Radziwil, mais garda le silence, fidèle à
la promesse qu'il avait faite.

Néanmoins, il ne voulut pas que le prince s'éloi-
gnât sans savoir comment son ancien compagnon ap-
préciait sa conduite. Il le suivit à sa sortie du palais
où résidait l'héritière des tsars, et, le prenant à part,
il lui dit avec une tristesse mêlée d'indignation :

— Je regrette amèrement la confiance que j'ai mise
en vous, palatin de Vilna ; je regrette davantage encore les dons que j'ai reçus de vous, et je désire vous
les restituer.

— Vous m'insultez, Monsieur, répliqua Radziwil,
pâle de colère.

— J'exprime mon sentiment avec franchise, et je
vous offre de nouveau la reddition des sommes dont
vous m'avez fait présent.

— Je ne reprends jamais un bienfait, déclara le
prince d'une voix altérée.

— En ce cas, vos munificences à mon égard seront
consacrées à soutenir la jeune fille que vous aban-
donnez.

— Je me charge de son avenir.

— Vous n'avez plus le droit de rien faire pour elle.

— Alors, vous comptez me dénoncer à la princesse ?

— Non, car je n'ai jamais manqué à ma parole, et
j'y serai fidèle, même en ce qui vous concerne.

D'ailleurs, vous avez mal compris ma pensée ; je voulais dire que l'impératrice, dont vous dépendez maintenant, ne souffrira pas que vous vous occupiez de celle dont vous prétendiez faire sa rivale au trône.

— Qu'en savez-vous ?

— Le caractère de Catherine est assez connu, et vous-même ne pouvez conserver aucun doute là-dessus.

Radzivil ne répondit pas.

— Adieu, prince, ajouta le comte. Puissiez-vous ne point regretter l'acte que vous accomplissez aujourd'hui.

Et les deux personnages se séparèrent pour ne plus se revoir.

Le lendemain, le palatin quitta Rome avec ses émissaires, traversa rapidement l'Italie, gagna l'Allemagne, et arriva en Pologne sans avoir séjourné nulle part.

Madzinof avait réussi en partie dans la mission dont la tsarine l'avait chargé. La crainte que lui causait Élisabeth avait diminué, car, réduite à ses propres forces, la princesse était hors d'état de rien entreprendre.

Toutefois, Catherine ne devait pas renoncer si facilement à écarter ce péril de son règne. Une circonstance imprévue, un soulèvement en Pologne ou en Russie eût applani les voies à la fille des tsars, et elle tenait à supprimer la femme qui lui apparaissait, depuis qu'on avait voulu l'employer contre elle, comme une menace permanente.

VIII

LA CROIX LATINE ET LA CROIX GRECQUE

Pierre Ier, en déclarant la Russie définitivement schismatique, avait créé pour ses successeurs un levier tout-puissant, destiné à favoriser les gigantesques ambitions moscovites.

Par l'organisation militaire donnée à son empire, il en avait fait un vaste camp. La volonté impériale, devenue la loi souveraine, pouvait, d'un signe, mettre en mouvement d'innombrables légions.

Le fanatisme moscovite, les superstitions de populations ignorantes habilement exploitées, devaient contribuer à l'accomplissement de l'œuvre méditée par le tsar.

Au moyen de la religion, il espérait conquérir le premier rang dans le monde, et ses yeux se fixaient sur Constantinople, la cité sainte de l'Église grecque, et jadis la rivale de Rome.

Tel fut l'objectif qu'il offrit, par testament, à ses héritiers.

Pour réussir dans ce projet immense, il fallait engager la lutte entre la croix latine et la croix grecque.

Pour ce combat, le premier champ de bataille c'était la Pologne, puis les états du sultan.

Fidèle à la politique et aux inspirations du tsar Pierre, Catherine venait de ruiner la Pologne et de l'effacer de la liste des nations catholiques. Le dernier rempart élevé contre le débordement du flot schismatique avait disparu. Le peuple qui, récemment encore, avait refoulé l'islamisme envahissant l'Europe, avait succombé en s'opposant aux convoitises ardentes des ennemis de l'Église latine.

Le chemin s'ouvrait, pour les Moscovites, sur le cadavre de la Pologne égorgée. Catherine crut toucher à la réalisation du dessein de Pierre Ier.

La guerre fut déclarée aux Ottomans, et une flotte russe, sortie de la Baltique, cingla vers les mers du levant.

Des intrigues, nouées en Grèce par les agents moscovites, avaient préparé contre les Turcs le soulèvement de l'Épire et de l'ancienne Macédoine. Un nommé Benoki, né dans le Péloponèse, promit que cent mille de ses compatriotes se joindraient aux Russes dès qu'on leur aurait fourni des armes.

Ces mouvements furent provoqués partout au nom de la religion.

Une ancienne prédiction, répandue dans toute la Grèce, remplissait ses peuples d'espérances superstitieuses. Elle annonçait que l'Islamisme serait détruit par une nation blonde, et on l'interprétait en faveur des Moscovites.

Un jeune Ukranien, qui avait parcouru les provinces helléniques, frappé de la fermentation générale, revint à Pétersbourg, et raconta à l'impératrice ce qu'il avait vu.

Selon lui, il suffirait de trois cent mille roubles et d'un envoi considérable d'armes et de munitions pour insurger tout le pays.

Mais il ajouta que les Grecs, naturellement défiants, ne prendraient une résolution définitive que si le choix des émissaires leur ôtait jusqu'à la possibilité d'un doute sur les intentions de la tsarine. Quant aux armes, rien de plus facile que de leur en faire passer secrètement par les ports de l'Italie.

Aussitôt Catherine dirigea deux chefs pour cette expédition aventureuse. Le premier, Alexis Orlof, remarquable par sa force prodigieuse et la mâle beauté de ses traits; le second, Théodore, son père, d'un esprit plus cultivé, et dont l'imagination s'échauffait au souvenir des exploits des héros de la Grèce antique.

Ils partirent immédiatement, et s'arrêtèrent quelque temps à Venise, où se trouvaient un grand nombre de Grecs et d'Esclavons. Mais les autorités de la ville ayant pris ombrage de leur présence, ils durent s'éloigner et établir ailleurs le centre de leurs intrigues.

Les Orlof lancèrent leurs agents dans le Péloponèse. Ils faisaient distribuer au peuple un livre d'instruction militaire, aux évêques de riches babillements d'église, et aux chefs des lettres et des médailles d'or à l'effigie de Catherine.

Ces émissaires avaient ordre de ramener avec eux des députés grecs qui, après s'être entendus avec Alexis Orlof, devaient retourner dans le Péloponèse pour y porter des ordres et des encouragements.

Tandis que la Grèce, travaillée par la Russie au nom de la religion commune, rêvait une délivrance prochaine, de jeunes chevaliers de Malte faisaient demander à la tsarine l'envoi d'une flotte dans la Méditerranée, et lui communiquaient tous les renseignements qu'une longue guerre avec les Turcs avait mis à leur disposition.

La première escadre, sortie des ports de la Baltique, aborda sur les côtes britanniques.

Elle était sous le commandement nominal de l'amiral Spiritof; mais le contre-amiral Greig, officier anglais de grande expérience, en était le chef effectif.

Elphinstone, officier écossais d'une habileté éprouvée, conduisait en Angleterre une seconde escadre.

Les Russes ne déguisèrent plus le dessein de forcer les Dardanelles pour aller bombarder Constantinople, et se mettre en communication avec les forces navales de la Mer-Noire.

Le triomphe de la croix grecque paraissait imminent, et aucun prince catholique ne s'en émouvait.

Tous les moyens d'embauchage furent mis en œuvre pour recruter les troupes de débarquement et les équipages de la flotte moscovite : Alexis Orlof déploya dans ces intrigues une prudence et une habileté extraordinaire.

Enfin, quatre vaisseaux de la première escadre parurent dans la Méditerranée. La promptitude de cette expédition, l'appui que l'Angleterre semblait lui prêter, empêchaient les autres puissances de l'Europe de s'y opposer ouvertement.

Déjà la Russie s'était assurée des ports de Toscane,

de Sardaigne et de Mahon. Ce dernier était le rendez-
vous de l'escadre.

La Turquie, menacée sur tous les points, touchait à
sa ruine. Les Moscovites parlaient déjà de faire soulever les Tartares de Krimée, et d'incorporer à l'empire
le Péloponèse avec les îles.

Bientôt Spiritof appareilla de Mahon.

Trois navires détachés de son escadre devaient aller
prendre à Livourne Alexis Orlof, el les recrues qu'on
avait pu rassembler.

Les autres bâtiments, sous le commandement de
Théodore Orlof, cinglèrent vers Malte, puis vers le
Péloponèse.

Cette petite flotte, précédée d'un vaisseau portant
des Monténégrins, entra dans le port de Bétylo.

Cependant les Maniotes conseillèrent à Théodore
Orlof de s'avancer par terre et par mer vers la citadelle
de Coron.

On descendit les caisses d'armes, on construisit à
la hâte quelques galiotes, et, en même temps, on enrôla
des hommes dans les îles vénitiennes.

Il fut arrêté, entre Théodore et Benaki, qui était
revêtu de la dignité épiscopale, qu'on formerait deux
légions de Grecs, assemblés à Bétylo, pour pénétrer
dans l'intérieur du Péloponèse et parcourir la côte
occidentale.

Tandis que le corps principal mettait le siége devant
Coron, la légion dite orientale s'emparait de Nisithra et
du territoire de l'ancienne Sparte.

Cependant Coron, faiblement défendu, résistait à
une attaque plus faible encore.

D'un autre côté, les forts de Navarin capitulèrent.

Les Turcs armaient à la hâte quelques vieux navires; étonnés d'apprendre l'arrivée d'une flotte russe dans la Méditerranée, ils faisaient encourager les chefs du Péloponèse à une vigoureuse résistance, promettant de leur envoyer de prompts secours.

Sur ces entrefaites, Alexis Orlof arriva devant Coron. Il fit abandonner le siége de cette place, et dirigea toutes les forces disponibles sur Navarin.

Le plan du chef moscovite était de faire soulever tout l'intérieur du Péloponèse, et d'isoler ainsi les forteresses du littoral, dont la flotte russe couperait les communications.

Mais les Albanais, accourus au secours des Ottomans, pillèrent et massacrèrent tout sur leur passage, tandis que la flotte turque jetait l'épouvante sur les côtes. Ils brûlèrent Patras, taillèrent en pièces les Grecs et quelques Russes qui assiégeaient Tripolitza.

Six mille Turcs et Albanais s'établirent dans le voisinage, d'où ils menaçaient à la fois Misithra, Modon et Navarin.

La situation d'Alexis Orlof était critique, quand Elphinstone arriva à Misisthra avec son escadre.

Informé de l'état des choses, il écrivit à Psaros, cet avis laconique :

« Faites savoir au comte Alexis que je pars pour le » débarrasser de la flotte ottomane, et qu'il envoie » promptement à mon secours. »

Les Albanais se portaient en force sur Coron ; ils emportèrent le défilé de Nisi, que défendait Mavromikali à la tête de quelques Maniotes; ils se répandirent ensuite dans la plaine, chassant devant eux les Grecs qu'ils ne purent massacrer, s'arrêtèrent une nuit seulement à Coron, obligèrent les Russes à lever le siége de cette ville et s'emparèrent de leur artillerie.

Navarin était menacé.

Orlof fit fermer les portes de la place aux Grecs qui demandaient un asile.

Ces malheureux se jetèrent dans des barques, ou abordèrent dans l'île de Sphactérie pour y endurer toutes les horreurs de la faim.

Orlof, sans écouter les représentations de Benaki, fit embarquer quelques centaines de Grecs, plusieurs évêques, et s'éloigna en toute hâte de Navarin.

Après quelques combats sans importance, la flotte moscovite se trouva en présence de la flotte turque, rangée en bataille dans le golfe de Tchesmé.

Quatre vaisseaux russes furent aussitôt détachés pour fermer la sortie de la baie. Mais les courants les firent tomber sous le vent, sans que de tout le jour aucune manœuvre les pût rapprocher.

Chacune des deux escadres demeuraient ainsi dans un extrême péril. L'une, malgré sa force, amoncelée entre des rochers, où il était facile de la détruire; l'autre, malgré sa faiblesse, séparée en deux divisions, hors de portée de se secourir mutuellement.

Un officier turc représenta au capitaine-pacha combien la flotte ottomane était exposée dans cette anse. Mais celui-ci, résolu à ne point combattre, se croyait sous la protection de la petite forteresse de Tihemic, et des batteries qu'il faisait établir sur les côtes.

Il défendit à tout vaisseau de prendre le large, et envoya par terre aux Dardanelles, pour mander encore quelques navires.

Il employa toute la journée suivante à élever des batteries sur le rivage. Une fut placée sur le rocher qui retrécissait l'entrée du golfe. Quatre vaisseaux, mouillés en travers à l'intérieur de la baie, couvraient toute la flotte et défendaient le passage.

Mais pendant cette même journée l'escadre moscovite, parvenue à se réunir, préparait des brûlots pour une expédition plus terrible qu'un combat.

Au milieu de la nuit, ces brûlots s'avancent, soutetenus par trois vaisseaux de ligne, une frégate et une bombarde.

Un de ces navires, monté par Greig, arriva le premier à l'entrée du port, et y resta longtemps exposé au feu de la batterie et des quatre bâtiments ennemis, faisant de son côté un feu formidable et continuel, avec des grenades, des boulets rouges, des fusées, de la mitraille.

Les deux autres vaisseaux arrivèrent enfin à la même place, et commencèrent un feu semblable, tandis que la bombarde, à leur tête, envoyait au loin des bombes dans l'intérieur du golfe.

Pendant ce temps, les deux brûlots approchent, conduits l'un et l'autre par des officiers anglais.

Le premier, dont le commandant ne put faire exactement comprendre ses ordres par les Esclavons et les Grecs, formant son épuipage, prit feu trop tôt et brûla inutilement.

Le second s'en éloigna et gagna le centre de l'ennemi.

Le crampon s'accrocha aux grillages de l'un des plus gros vaisseaux turcs.

Cinq minutes après, le navire ottoman fut enflammé, et le feu gagna aussitôt les autres bâtiments qui fermaient l'entrée du port.

Les vaisseaux russes, auxquels on avait envoyé toutes les chaloupes, se retirèrent pour n'être pas exposés quand le navire ennemi sauterait en l'air.

La flotte turque était si resserrée, que les vaisseaux se touchaient presque les uns les autres.

En peu d'instants, les flammes, poussées par le vent, s'élevèrent, s'étendirent, et offrirent aux yeux des moscovites le spectacle de la flotte ennemie embrasée toute entière.

Le golfe de Tchesmé apparaissait comme un immense globe de feu. De lamentables cris sortaient de cette mer enflammée.

La plus grande partie des équipages ottomans était descendue à terre dans la journée précédente. Ce qui restait dans les navires se précipita dans la mer et chercha à fuir au rivage. Mais les canons de ces vaisseaux étant chargés, à mesure que la flamme les échauffait, les batteries faisaient feu et foudroyaient la côte.

Quand l'embrasement eut gagné les soutes à poudre, d'affreux éclats retentirent au sein de cet horrible incendie, dispersant au loin des débris, des corps expirants, des troncs mutilés.

Les habitants de Scio, accourus au rivage, et tremblants de voir leur cité pillée par les vainqueurs, voyaient distinctement, à la lueur de l'incendie, et sur toute la surface de la mer, différentes scènes de cette effrayante catastrophe : la forteresse de Tchesmé, la ville et une mosquée, bâties en amphithéâtre sur une colline, abîmées de fond en comble, et toutes les populations du littoral fuyant sur les hauteurs éloignées.

On entendait mugir, dans l'enfoncement des terres, les montagnes et les rochers.

Au moment de cette destruction, il y eut un si horrible fracas, que Smyrne, distant de dix lieues, sentit la terre trembler.

Athènes, à plus de cinquante lieues d'une mer coupée d'îles, prétendit avoir entendu le bruit de l'explosion.

Les vaisseaux moscovites, quoiqu'assez éloignés, étaient agités comme par les secousses d'une violente tempête.

Cet affreux spectacle dura depuis une heure après minuit jusqu'à dix heures du matin.

Toutefois, malgré ce succès, Orlof ne se crut point en état de forcer les Dardanelles ; il résista à toutes les représentations d'Elphinstone, qui voulait marcher à l'instant sur Constantinople.

Le moscovite, habile dans l'intrigue, montra qu'il n'avait point le courage des marins.

Afin de prouver aux Russes qu'il avait raison, et leur reprocher leur ignorante pusillanimité, Elphinstone pénétra seul dans le détroit, à la poursuite de deux caravelles ; descendit à terre, y prit tranquillement une collation, puis, furieux qu'on eût laissé échapper une telle occasion, brisa son navire sur un rocher.

La fortune favorisait également les armes de Catherine, en Krimée.

Deux armées moscovites s'avançaient ; l'une dans la Moldavie proprement dite, pour défendre le passage du Danube, l'autre dans la Moldavie tartare ou Bessarabie, pour s'y emparer des places fortes.

Celle-ci, sous le commandement d'un frère de Panin, atteignit Bender, défendu par une garnison venue des bords de l'Euphrate.

Le comte Panin détacha un corps assez considérable qui devait masquer Oczakof et contenir les Tatars de Krimée.

Ces derniers, conduits par leur khan, repoussèrent cette division, et, passant le Dniester à la nage, entrèrent dans la Moldavie turque.

La seconde armée russe, commandée par Roumiouzof, devait arrêter cent cinquante mille Turcs qui s'apprêtaient à franchir le Danube.

Le débordement du fleuve permit aux Moscovites de s'avancer dans la Moldavie ; mais les Tatars, qui les suivaient, les harcelèrent tellement, que les Turcs eurent le temps d'effectuer leur passage.

Déjà dix mille Ottomans avaient rejoint les Tatars, et détruit un corps avancé de quatre mille Russes ; mais bientôt, surpris à leur tour, en l'absence des Tatars qui les croyaient dans une position inexpugnable, ils y furent taillés en pièces.

Roumiouzof continuait de se porter en avant,

toujours inquiété par de nouvelles troupes ottomanes, et par cinquante mille Tatars qui voltigeaient sur ses flancs, menaçant ses convois, ses lignes de communications avec la Pologne, et l'armée occupée au siége de Bender.

Le général moscovite était dans cette position critique, lorsqu'il apprit que toute l'armée ennemie avait franchi le fleuve dans trois cents bateaux, laissant sur le bord opposé l'étendard du prophète, la caisse militaire et la grosse artillerie.

Quoiqu'il n'eût plus avec lui que dix-sept mille hommes, et qu'il fût en danger d'être cerné, Roumiouzof osa combattre.

Avec ses troupes exténuées, il marcha aux Turcs, pour ne pas leur laisser le temps de se retrancher.

Mais déjà un rempart et un fossé bordaient le camp ennemi.

Les Moscovites attaquèrent avec joie, et défirent cette armée douze fois plus nombreuse, et remportèrent une victoire complète.

Pendant que les armées de Catherine triomphaient sur le Danube, sa flotte se rassemblait aux Dardanelles, et se préparait à conquérir les îles voisines.

Bientôt la Krimée fut conquise, et la Pologne séparée du territoire ottoman.

Pourtant les Russes, guidés par Alexis Orlof, essuyèrent un échec dans l'Archipel. Attaqué par les Turcs à l'improviste, il dut lever le siége de Lemnos.

Le rappel de tous les officiers et matelots anglais qui avaient pris du service sur l'escadre moscovite, avait abandonné les Russes à leur inexpérience et à leur faiblesse.

L'amiral russe se rendit à Paros, où il hiverna, et, maître de cette forteresse, il s'empara facilement des îles grecques.

Les Turcs, tremblant pour leur capitale, ouvrirent des négociations.

Catherine dicta les conditions suivantes :

Le sultan devait accorder la libre navigation de l'Euxin, le passage des Dardanelles pour les bâtiments de commerce, la cession d'Azof, le sequestre de la Moldavie et de la Valachie sous le protectorat moscovite pendant vingt-cinq ans, et une amnistie entière pour les Grecs insurgés.

La Porte ottomane réclama la médiation de l'Autriche et de la Prusse, et un congrès fut convoqué à Troksiani.

Mais Alexis Orlof, rompit bientôt les conférences, et partit pour Livourne.

Il avait reçu de la tsarine une mission secrète, qui exigeait toutes les ressources de son esprit intrigant et perfide.

Cette guerre avait élevé au plus haut point la puissance de la Russie schismatique. Le danger que les Turcs, autrefois, avaient fait courir à l'église latine et à la civilisation occidentale, se reproduisait aussi terribles, de la part des Moscovites.

La question ne se posait plus désormais entre l'islam et le christianisme, mais entre le catholicisme et l'orthodoxie grecque.

Mais avant de frapper le dernier coup, et de transpor-

ter le siége de sa puissance dans la ville des patriar-
ches rebelles, Catherine désirait affermir pour toujours
son trône et sa dynastie.

Or, il existait à Rome une rivale qui pouvait devenir dangereuse.

L'impératrice n'avait point oublié Élisabeth, la
princesse de Tarakanof. Elle redoutait que la France,
l'Autriche, la Pologne soulevée, n'appelassent la fille
des tsars à revendiquer son héritage.

De là l'envoi d'Alexis Orlof en Italie.

IX

LE PACTE DE LIVOURNE.

Le comte Orlof était arrivé à Livourne au commencement d'avril.

Installé dans une élégante habitation, dont la façade
principale donnait sur le port et les flots bleus de la
Méditerranée, il avait fait promptement de sa demeure
un foyer d'intrigues, au moyen de nombreux agents.

Avant la guerre contre les Turcs, il avait pratiqué
longuement déjà les aventuriers italiens et grecs qui
affluaient alors dans les villes maritimes de la Péninsule.

Le comte Madzinof était venu le rejoindre de Rome, et, en peu de jours, il avait eu de fréquents entretiens avec l'envoyé de Catherine.

Un matin, les deux moscovites, réunis dans le cabinet de travail d'Orlof, causaient mystérieusement à demi voix.

Le soleil montait graduellement sous un ciel d'une pureté admirable, et les vagues de la mer, légèrement agitées, reflétaient l'éclat de ses rayons.

— Ainsi, disait Alexis Orlof, le comte de Lacy se prépare à retourner en France ?

— Oui, tel était son projet quand je suis parti.

— De sorte que la princesse demeurera seule à Rome avec sa gouvernante ?

— Absolument seule.

— Cependant elle possède de quoi se suffire ?

— Avec la somme que lui a laissée Radziwil et celle que lui a offerte le comte de Lacy, elle peut vivre une année encore, sans trop modifier son train de vie.

— Alors il importe que nous profitions de l'absence du comte de Lacy.

— C'est mon avis.

— J'ai vu quelques hommes, ces jours-ci, dont le concours peut aider puissamment au succès de notre plan. Ce sont des Italiens.

— Il faut toujours se défier des individus de cette nation.

— Avec de l'or, répondit en souriant Alexis Orlof, on fixe facilement leur dévouement.

Comme le Russe achevait ces paroles, on heurta à la porte.

— Entrez, invita Orlof, en faisant un signe d'intelligence à son compagnon.

A l'instant même, un homme de haute taille et solidement bâti parut sur le seuil, et s'avança familièrement vers le Moscovite, qui était accoudé à une table recouverte d'un tapis vert.

Il était facile, au premier aspect, de deviner que le nouveau venu était un fils de la mer. Ses épaules étaient massives et carrées, ses membres musculeux et bien attachés. Il avait la poitrine bombée, et tout son corps indiquait une égale proportion de force et d'activité. Sa tête ronde et petite était fermement posée sur sa base, et couverte d'une forêt de cheveux bruns commençant à grisonner. Sa figure accusait environ trente-cinq ans ; elle exprimait l'audace, le sang-froid, l'entêtement et le mépris des hommes ; néanmoins elle ne manquait pas de beauté virile.

Le teint de ce personnage avait cette rougeur uniforme que le hâle donne naturellement aux complexions délicates et vermeilles.

Le costume de l'étranger n'était pas moins remarquable que sa personne : il portait une veste de matelot taillée avec goût, un bonnet et de larges pantalons, le tout en grossière toile blanche. La veste n'avait point de boutons, ce qui expliquait l'usage d'un riche châle des Indes qui lui servait de ceinture. On apercevait au-dessus une chemise de toile fine et d'une propreté irréprochable, dont le col se rabattait sur un foulard négligemment attaché autour du cou.

L'une des extrémités du foulard était abandonnée au vent, mais l'autre était retenue avec soin sur la poitrine, au moyen d'une épingle en ivoire.

Alexis Orlof répondit au salut du visiteur par un geste de tête gracieux et rapide, en lui faisant signe de s'asseoir. Il semblait l'attendre, et l'avait vu déjà évidemment.

L'étranger, surpris de ne point trouver seul le comte Orlof, l'interrogea du regard, tout en prenant place sans façon sur un sofa voisin de la table.

Le Russe comprit, et se hâta de rassurer le visiteur.

— Monsieur est un de mes amis, signor Ribas, dit-il ; et même il est chargé à Rome d'une mission de l'impératrice Catherine. Je l'ai fait venir, parce que je tiens à vous mettre en rapports avec lui.

Madzinof s'inclina.

Ribas, édifié sur la présence de ce dernier, en fit autant.

— Cela regarde Votre Excellence, répliqua-t-il, et je n'ai aucune objection à élever ici.

— Vous avez choisi vos hommes ? interrogea Orlof.

— Ils sont prêts à me suivre.

— C'est bien. Les costumes sont prêts ?

— Les costumes ! fit Ribas étonné.

— Mais, oui : ne vous ai-je pas annoncé que vous deviez vous présenter comme officier supérieur de marine russe, et que vos camarades, vos subordonnés, se donneraient également comme appartenant à l'escadre ?

— Il est vrai.

— Vous le voyez donc bien ; il faut que vous revetiez les insignes de vos fonctions. Vous n'avez pas de répugnance à cela, j'imagine ?

— Aucune. Ce ne sera pas la première fois, d'ailleurs, que nous userons de déguisement. A Naples, où je suis né, j'ai passé quelque temps pour un général d'infanterie.

— Voilà donc qui est entendu. Maintenant je dois vous donner mes instructions.

— Je vous écoute, Excellence.

— Vous savez, ainsi que je vous l'ai révélé, que le mécontentement est grand en Russie contre Catherine.

Ribas garda le silence et demeura impassible. Pourtant, un éclair ironique jaillit de ses noires prunelles.

— Les équipages de la flotte, ajouta le comte, sont las également de la domination de cette femme ; un mot, une étincelle, suffirait pour allumer l'incendie de la révolte.

— Vous n'êtes pas en peine de comprimer ces sentiments, Excellence, dit le Napolitain.

— Au contraire, signor, je suis disposé à les favoriser.

En même temps le comte adressa un coup d'œil à Madzinof ; mais Ribas avait suivi ce signe, et un sourire équivoque effleura ses lèvres.

— Etes-vous sûr de la discrétion de vos hommes ? demanda Orlof.

— Parfaitement sûr, Excellence.

— Pouvez-vous me les amener demain ?

— Je le puis.

— Ils sont tous italiens ?

— Tous.

— Et..... catholique?

— Et catholiques..... comme tous mes compatriotes.

Le comte Orlof qui, jusque-là, n'avait point fixé son regard sur Ribas, leva les yeux sur lui en ce moment: la figure du napolitain avait une expression si étrange, que le moscovite tressaillit.

— Vous me comprenez, signor? interrogea-t-il avec certaine hésitation.

— Admirablement.

Il s'agit de précipiter une formidable insurrection contre Catherine, et vous vous êtes engagé à nous seconder.

— C'est convenu.

— La récompense sera magnifique : pour vous, un grade élevé dans la marine russe, des richesses considérables; pour vos amis, des honneurs aussi et la fortune.

— Je vous ai donné ma parole, excellence; seulement je désire que mon rôle soit établi avec netteté.

— Qu'entendez-vous par là?

— Que je voudrais vous voir renoncer à tout mystère avec moi.

— Est-ce que je ne vous parle pas ouvertement? fit le comte étonné.

— Non précisément.

— Expliquez-vous.

— Eh bien ! je connais l'esprit de la flotte russe.

— Après?

— Tous les équipages sont attachés à la tsarine, et je pense que ses peuples ne songent nullement à se soulever.

— Qui vous a si bien renseigné ?

— Lorsque je suis sur le point de commencer une entreprise, j'éclaire ma route.

Orlof était un homme de stature athlétique, d'une beauté remarquable, d'une ambition indomptable, et d'une audace égale à son ambition. Mêlé à toutes les trames du règne de Catherine, il avait l'esprit délié et une rare perspicacité pour discerner les sentiments du cœur humain.

Il sentit qu'il se trouvait en présence d'un caractère exceptionnel, et il n'hésita pas un instant sur le parti à prendre.

— Signor, dit-il, votre franchise me plaît, et je ne veux pas dissimuler davantage avec vous.

— Ce serait parfaitement inutile, Excellence, comme je viens d'avoir l'honneur de le prouver.

— Soit ; pourtant, vous devinez qu'il est nécessaire de procéder avec infiniment de précaution pour ne point éveiller de soupçons à Rome.

— Sans doute.

— De sorte que vous laissez vos hommes dans la croyance que nous travaillons au renversement de Catherine ?

— C'était mon intention.

— Avec cette conviction, ils seront bien plus forts pour persuader la princesse.

— Il me semble, Excellence, que vous pourriez vous dispenser d'employer ces moyens qui exigent du temps et des manœuvres difficiles.

— Vous croyez ?

— Assurément ; et vous me permettrez d'ajouter

que vous avez été, en d'autres circonstances, beaucoup plus expéditif.

Le comte Orlof se mordit les lèvres, mais feignit de ne point comprendre la sanglante allusion du napolitain.

— C'est la première fois, affirma-t-il, que je suis chargé d'une mission semblable.

— Votre Excellence se trompe : n'est-ce pas elle qui assura, autrefois, le trône de Catherine?

— En effet, j'ai aidé à préparer la révolution qui sauva la Russie des folies de Pierre III.

— Et c'est vous qui supprimâtes le titulaire de l'empire.

— Une vieille calomnie, murmura Orlof en rougissant; le prince est mort d'une colique hémorrhoïdale.

— A d'autres! fit Ribas en haussant les épaules : ce n'est point à un homme tel que moi qu'on fait accroire ces choses. Ma profession m'oblige à tout savoir, sur mer et sur terre.

— Ah! dit le comte avec un certain dépit, j'ignorais, signor, que vous eussiez une profession attitrée.

— Il en est ainsi, cependant, je descends en droite ligne des vieux condottieri de l'Italie, si renommés jadis. Mon épée, mon bras, ma tête sont au service de qui les paie. Soldat, marin, diplomate au besoin, j'ai appris tous les métiers; j'ai étudié les hommes sur toutes les places où je les ai rencontrés, et il n'est guère possible de m'induire en erreur sur les événements accomplis en Europe et en Orient depuis quinze ans.

— Vous êtes très fort, signor.

Ribas accueillit cet éloge avec la conscience de l'avoir mérité.

Alexis Orlof allait continuer, lorsqu'un valet entra, tout effaré.

— Qu'y a-t-il ? demanda le comte.

— Un officier du gouverneur de la ville.

— Que me veut-il ?

— Il mande à son palais le signor Ribas.

Orlof reporta ses regards sur le Napolitain, qui ne sourcilla pas.

Ce dernier, s'adressant au serviteur, lui dit :

— Annonce à l'envoyé du gouverneur que je serai chez lui dans une demi-heure.

Le valet se retira pour s'acquitter de sa commission.

Quand il fut sorti, Ribas reprit en souriant :

— Son Excellence, le gouverneur de Livourne, me surveille activement. Il me soupçonne de piraterie, et je sais que mon cutter a été examiné ce matin par la police du port. Me permettez-vous, M. le comte, de déclarer que je vous ai vendu mon navire, et que, désormais, mes hommes et moi sommes au service de la Russie ?

— Certainement. Aussi bien, c'est la vérité.

— Quand pourrai-je reprendre avec vous la conversation que je suis obligé d'interrompre ?

— Dès que vous en aurez fini avec le gouverneur.

Le Napolitain salua le comte Orlof et Madzinof, et se retira immédiatement.

Une demi-heure après, un officier, vêtu d'un brillant uniforme, entrait au palais du gouverneur de Li-

volume, et s'arrêtait un instant dans la salle d'attente, et se faisait annoncer en ces termes :

— Le capitaine Ribas, de la marine de Sa Majesté l'Impératrice de Russie.

A ce nom, il se fit un mouvement dans la salle de réception. Le gouverneur, entouré de plusieurs personnages appartenant à son administration, était assis devant un vaste bureau chargé de papiers. C'était un petit homme à barbe blanche, à l'œil perçant.

Le nouveau venu s'avança avec aisance ; il portait à merveille son nouveau costume. Arrivé devant le gouverneur, il s'inclina respectueusement et attendit que celui-ci l'interrogeât.

— Signor Ribas, commença le Toscan, des charges graves s'élèvent contre vous : on vous accuse d'avoir exercé la piraterie avec le cutter que vous avez amené dans notre port.

— On m'accuse à tort, Excellence.

— Nous en avons jugé différemment, reprit le gouverneur. Aussi me vois-je dans la pénible nécessité d'ordonner votre arrestation et la séquestration provisoire de votre bâtiment.

— Votre Excellence ne peut faire ni l'un ni l'autre, répliqua le Napolitain avec calme.

— Pourquoi cela ?

— Parce que d'abord le cutter n'est plus ma propriété : je l'ai vendu au comte Alexis Orlof.

— Si vous avez fait réellement ce marché, il n'empêchera pas cependant que nous ne nous assurions de votre personne.

— Permettez, Excellence, je ne suis pas sujet toscan.

— Non, je l'avoue; mais vous avez commis, du moins on le suppose, certains actes dans les eaux du Grand-Duché, qui sont punis par nos lois.

— Ce n'est point avec moi, Excellence, qu'il faut traiter cette question.

— Et avec qui?

— Avec le comte Orlof et l'amiral russe.

— Que voulez-vous dire?

— Que je fais partie du corps d'officiers de la marine impériale de Russie : j'ai le grade de capitaine.

Le gouverneur, déconcerté par cette déclaration, consulta à demi voix les personnages qui l'entouraient, puis, se levant, il reprit :

— Nous pourrions peut-être contester la valeur du privilége que vous invoquez; mais, comme nous tenons avant tout à rester en bonne intelligence avec Sa Majesté l'Impératrice Catherine, nous n'essaierons pas de faire valoir notre droit.

Ribas s'inclina.

— Toutefois, ajouta le gouverneur, je vous intime l'ordre de quitter le port de Livourne avant huit jours.

Le Napolitain garda le silence, et le gouverneur le congédia d'un geste hautain.

Ribas sortit fièrement. L'aventurier, accoutumé à servir toutes les causes qui lui procuraient du profit, savait également prendre les airs de l'emploi. En cette circonstance, il s'était donné toutes les allures d'un officier moscovite.

Au lieu de retourner directement chez le comte

Orlof, il se rendit sur le port, se jeta dans un petit canot qui semblait l'attendre, et deux rameurs, détachant l'esquif amarré au quai, le dirigèrent rapidement vers un cutter ancré non loin de là.

C'était le bâtiment de Ribas.

Quand le Napolitain parut sur le pont, dans son brillant uniforme, aucun de ses hommes ne manifesta d'étonnement ; ils étaient habitués à le voir changer de costume, selon les nécessités du moment.

La veille, il leur avait partagé les prises faites dans la dernière course, se réservant, comme de coutume, un lot raisonnable.

Ribas étant entré dans sa cabine, appela son lieutenant, italien comme lui, et entièrement dévoué à sa fortune ; il l'avait sauvé autrefois de la corde, à laquelle on l'avait condamné pour assassinat, et il pouvait compter sur la reconnaissance de cet homme.

Dès que le lieutenant fut arrivé, Ribas lui dit, sans autre explication :

— Signor Maronelli, vous allez sur le champ commander les manœuvres nécessaires pour que le bâtiment se range parmi les vaisseaux de la flotte russe.

Maronelli se tenait, en la présence de son chef, dans l'attitude du respect. Agé d'une cinquantaine d'années environ, court, trapu, solidement charpenté, intelligent et habile marin, il avait rendu de grands services sur le cutter, où il donnait à tous l'exemple de l'obéissance passive. Sans adresser une question à Ribas, il fit un geste d'assentiment.

— Vous resterez à ce poste jusqu'à ce que je vous en relève, ajouta le Napolitain.

— Il suffit, capitaine.

Et le lieutenant retourna sur le port pour exécuter les volontés du chef.

Pendant qu'on préparait tout sur le bâtiment pour lever l'ancre et rejoindre la flotte russe, Ribas regagnait le canot et se faisait reconduire à la ville.

Ayant atteint le quai, il se dirigea vers la maison du comte Alexis Orlof, où il se présenta, revêtu de son uniforme russe.

A sa vue, Orlof et Madzinof, qui n'avaient pas quitté le cabinet de travail, jetèrent une exclamation de surprise.

Ribas s'avança en souriant, et s'assit à la place qu'il occupait auparavant.

Vraiment, lui dit le comte Orlof, je me félicite de l'idée que j'ai eue de vous enrôler dans notre marine. Vous en portez l'uniforme comme si vous n'aviez fait que cela depuis que vous êtes au monde.

— Ce n'est pas la première fois, Excellence, que je revêts ce costume honorable. Souvent, dans la profession que j'ai exercée jusqu'ici, il m'a fallu user de ce déguisement.

— Il a dû vous réussir.

— Effectivement : on m'a répété maintes fois que je ressemblais plus à un Russe qu'à un Italien, et cette remarque m'a toujours flatté, car j'estime énormément votre nation, Excellence.

Orlof se mordit légèrement les lèvres. Quoique le moscovite n'eût jamais montré aucun scrupule lorsqu'il s'agissait de la fortune, pourtant il ne faisait point si bon marché du patriotisme. Aussi la déclaration de Ribas ne le toucha que médiocrement; néanmoins il se hâta de répondre:

— Vos sentiments, signor, indiquaient une sorte de prédestination.

— C'est ce que j'ai pensé, continua le pirate avec un sang-froid imperturbable.

— Mais, à propos, reprit Orlof, comment avez-vous pu vous procurer si promptement ce magnifique uniforme?

Ribas sourit.

— Moi aussi, fit-il, j'ai un pied à terre à Livourne... près d'ici même.

Le comte fixa sur son interlocuteur un regard prolongé, inquisitorial. Il comprit que le Napolitain ne se livrait point au hasard, et qu'il avait été entouré par lui d'une surveillance occulte.

Piqué d'abord de cette découverte, il en prit vite son parti en réfléchissant qu'un homme si avisé n'en servirait que mieux ses projets.

Il s'informa du résultat de l'entrevue avec le gouverneur de Livourne, et Ribas lui raconta ce qui s'était passé.

— Maintenant, ajouta Orlof, il ne nous reste plus qu'à régler notre affaire. Dès ce moment, vous êtes capitaine de vaisseau au service de la Russie, et voici votre brevet.

En même temps le comte tendit la pièce au Napolitain.

— Vos camarades, poursuivit-il, recevront demain leurs titres. Vous partirez pour Rome dans deux jours. Le comte Madzinof vous accompagnera; il est au courant de toutes choses et connaît admirablement la ville.

— Je la connais également, répliqua Ribas.

— Vous l'avez habitée ?

— Pendant près d'un an.

— Alors on saura qui vous êtes? observa Orlof avec inquiétude.

— Rassurez-vous, Excellence, il y a de cela environ dix ans.

— Cependant.....

— Permettez. On m'avait confié une mission..... Il s'agissait d'un testament..... à obtenir d'une vieille douairière, et on m'avait promis une récompense honnête. Revêtu de l'habit des franciscains, j'ai joué mon rôle assez bien. Quoi qu'il en soit, j'ai réussi.

— Et comment avez-vous disparu?

— Des bandits m'ont enlevé un jour, dans les environs de la ville..... Vous comprenez ?

— Pas exactement.

— Eh bien ! mes amis ont fait le coup. Je tenais à me réserver pour l'avenir, et je m'étais concerté avec eux. J'ai fais répandre dans Rome le bruit de l'attentat, et on s'est apitoyé longtemps sur le sort de Fra Girolamo.

Je crois, en effet, avoir entendu raconter cette histoire, remarqua le comte Madzinof.

— Je suis heureux, signor, d'apprendre ces détails, dit Alexis Orlof : votre premier séjour à Rome ne peut qu'être utile à l'œuvre que nous allons poursuivre.

D'abord, vous laisserez ignorer à vos hommes que

nous agissons au nom de l'impératrice ; il faut, au contraire, qu'ils soient persuadés que l'entreprise est dirigée contre elle : de cette façon, nous n'aurons pas à redouter de trahison.

— C'est entendu.

— Une fois à Rome, vous vous mettrez en rapports avec la princesse. Prenez votre temps, ne brusquez rien, n'éveillez pas les défiances, car ce serait ruiner notre plan.

— Comptez sur moi, Excellence.

— Dès que vous aurez obtenu vos entrées chez la princesse, expliquez-lui peu à peu la désaffection des Russes pour Catherine. Insinuez que la flotte, l'armée, souhaitent un changement de règne. Alléguez aussi les frémissements de la Pologne persécutée dans sa foi catholique, et intéressez de la sorte ses sentiments religieux à une révolution politique.

Ribas écoutait, impassible.

Le comte Orlof continua :

— Enfin, expliquez à Elisabeth que je suis aigri contre la tsarine, que la flotte dépend de moi, que je jouis d'une grande influence à la cour, et qu'avec mon concours l'établissement de la princesse sur le trône de ses pères deviendra facile. En un mot, préparez-la à me recevoir.

— Je ferai de mon mieux ; mais, Excellence, je ne vous cacherai pas que je vois de grandes difficultés dans la conduite de cette affaire.

— Lesquelles ?

— Vous m'avez dit, dernièrement, que la princesse avait auprès d'elle une gouvernante ?

— Oui, madame de Vigneulles.

— Or, la déception éprouvée du côté du prince Radziwil ne l'aura-t-elle point mise sur ses gardes?

Elle ne soupçonne pas que le palatin fût d'intelligence avec la tsarine.

— D'ailleurs, dit à son tour Madzinof, le comte de Lacy, qui eût pu l'éclairer, va quitter Rome.

Ribas était devenu rêveur, et le comte Orlof remarqua sa préoccupation.

— A quoi pensez-vous en ce moment, signor? lui demanda-t-il.

Je pense, comme j'ai eu l'honneur de vous le dire, qu'il existe un moyen beaucoup plus facile de remplir les intentions de l'impératrice.

— Je n'en vois aucun autre.

— Pardonnez-moi d'insister; mais je suis surpris que vous n'ayez pas songé à l'expédient si aisé auquel je fais allusion.

— Expliquez-vous nettement. Quel est ce moyen?

— Il n'y a que les morts qui ne reviennent pas, et tel fut un jour votre opinion, lorsque Catherine fut proclamée à la place de son mari.

Orlof pâlit à cette nouvelle et froide évocation de l'assassinat de Pierre III, accompli par lui-même. Malgré sa résolution, son audace et son absence de tout scrupule, il n'aimait point qu'on lui rappelât cette image sanglante.

Les paroles de Ribas firent passer comme un éclair devant son regard cette journée du 6 juillet 1762 où, accompagné de deux complices, il pénétrait dans la prison du tsar déchu.

Invité comme un ami au repas du captif, il s'était assis à sa table, et avait versé furtivement du poison dans le verre de celui qui, naguère, était son maître.

Le breuvage n'opérant point assez activement, Orlof s'était jeté sur Pierre, avait écrasé sa poitrine de son genou, tout en lui serrant la gorge d'une de ses mains gigantesques et lui tenaillant les tempes de l'autre.

Puis il avait laissé le malheureux prince mort sur le plancher, et avait repris le chemin de Pétersbourg pour annoncer à Catherine que sa victime n'existait plus.

Ce souvenir importun déplaisait à Orlof, on le conçoit. Aussi répondit-il brusquement à Ribas :

— Le plan que je propose est le seul qui puisse être exécuté.

— Je me chargerais volontiers de l'autre, affirma imperturbablement le Napolitain.

— Encore une fois, s'écria le comte, ce projet est impraticable.

— Mon opinion diffère de la vôtre, Excellence, insista le pirate.

— L'impératrice ne consentira jamais à un meurtre, déclara Orlof.

— Celui d'Elisabeth fera moins de bruit que la mort de Pierre et celle du jeune Ivan.

Alexis Orlof eut toutes les peines du monde à se contenir. On eût dit que Ribas cherchait à le pousser à bout; et se levant à demi il demanda à l'Italien d'une voix sourde :

— Voulez vous, signor, exécuter mes ordres, oui ou non ?

— Je suis à votre disposition, Excellence, répondit Ribas toujours calme.

—En ce cas, achevons de nous entendre. Vous allez partir pour Rome, et vous procèderez comme je vous l'ai prescrit.

— Vous serez content de moi.

— A votre arrivée, le comte de Lacy aura probablement quitté la ville.

— Qu'importe, au fond? c'est un jeune homme.

— Il importe plus que vous ne pensez. Ce français est courageux, dévoué, intelligent. S'il soupçonnait que la princesse est en péril de sa liberté, il serait capable de nous susciter de cruels embarras. Vous profiterez donc de son absence pour nouer solidement la trame.

Au reste, vous correspondrez fréquemment avec moi, et je vous transmettrai, selon les circonstances, mes instructions.

Voilà tout ce que j'avais à vous dire. Faites vos dispositions, et embarquez-vous sur un de nos navires, qui se rend à Civita-Vecchia.

Quoique le comte l'eût congédié, Ribas demeurait immobile. Orlof s'enquit s'il avait de nouvelles objections à faire.

— Non, répliqua le Napolitain ; seulement Votre Excellence oublie que ma situation future n'est pas complétement réglée.

— Que réclamez-vous ?

— D'abord le prix de mon cutter.

— C'est juste. A combien l'estimez-vous ?

— A cinquante mille roubles.

— C'est cher.

— Il les vaut.

— Soit; vous les aurez. Est-ce tout?

— Pas encore.

— J'écoute.

— Si je réussis à vous livrer la princesse, quel rang occuperai-je en Russie?

— Fixez vous-même votre récompense, puisque vous ne vous en rapportez point à la générosité de la tsarine.

— Je voudrais que l'impératrice m'accordât le gouvernement d'une place de guerre maritime, celui de Kronstadt, par exemple.

— Je m'engage à vous faire obtenir cette faveur.

— Que votre Excellence daigne me remettre cette promesse écrite.

Le comte, intérieurement irrité de la défiance du pirate, prit en silence une feuille de papier, et signa le pacte exigé.

Ribas le reçut et remercia.

Ensuite, sentant qu'il ne fallait pas marchander avec cet homme, il écrivit un ordre au caissier de la flotte de verser entre les mains du Napolitain la somme de cinquante mille roubles, pour le paiement du cutter, plus une pareille somme à titre de gratification.

— Avec ces derniers fonds, lui dit-il, vous vous établirez convenablement à Rome, et vous traiterez largement vos hommes. Si, plus tard, de nouvelles subventions deviennent nécessaires, j'y pourvoirai.

Le résultat dépassait les espérances de Ribas, et le

forban se confondit en témoignages de reconnaissance.

Il sortit du cabinet d'Oreof, charmé du marché in-fâme qu'il venait de conclure.

~~~~~~

X.

UNE RENCONTRE.

Au jour fixé pour le départ, Ribas montait à bord du vaisseau russe le *Saint-Vladimir*, qui devait le déposer à Civita-Vecchia.

Quatre hommes l'accompagnaient, portant comme lui l'uniforme d'officiers moscovites. C'étaient son lieutenant Maronelli, dont nous avons parlé précé-demment, et trois jeunes hommes, trois frères qui avaient appartenu autrefois à une troupe de bandits des Calabres.

A ces derniers aussi Ribas avait sauvé la vie en les recueillant à bord de son cutter, et il pouvait compter sur leur dévouement absolu.

Plusieurs passagers avaient pris place sur le navire, entre autres deux hommes aux allures étranges et ne sachant pas un mot d'italien: ils s'exprimaient en allemand et s'étaient déclarés originaires de la Saxe.

Ils prétendaient aller à Rome pour y faire un pèlerinage.

L'un d'eux, dont les cheveux et la barbe grisonnaient, avait atteint la maturité de l'âge; son visage sillonné de rides, son œil à demi caché sous d'épais sourcils, son front toujours sombre, annonçaient une carrière agitée par de rudes épreuves. Sa taille, ses membres robustes, sa puissante musculature attestaient une vigueur non commune.

Son compagnon, un peu plus jeune, maigre, élancé, aux traits mobiles, au regard défiant, observait en silence les hommes du navire.

Ces deux personnages attirèrent tout d'abord l'attention de Ribas, et il ne cessa de les examiner durant la traversée.

Les deux voyageurs, de leur côté, semblaient étudier tout ce qui se passait autour d'eux; et, tout en évitant de se mêler avec les compagnons de Ribas, ils les observaient sans cesse.

Le comte Madzinof se trouvait également sur le vaisseau.

Ribas, ses hommes et le comte Madzinof débarquèrent à Civita-Vecchia, ainsi que les deux étrangers.

Les officiers russes se firent conduire à l'un des meilleurs hôtels de la ville, où les deux inconnus les rejoignirent bientôt.

L'hôtel possédait déjà plusieurs voyageurs, dont l'un, venu de Rome, occupait le meilleur appartement.

Le comte Madzinof, qui s'était arrêté là lors de son

7.

voyage à Livourne, et qui avait habité quelques jours cet appartement, le réclama.

— Il est pris, répliqua le maître de la maison : un Français, sa femme et ses domestiques, descendus ici dans la journée d'hier, s'y sont intallés.

— Quel est le nom de ce Français ? demanda le moscovite.

— Le comte de Lacy.

A ces mots, Madzinof se tourna vers Ribas, et lui dit à demi voix :

— Nous arrivons au bon moment : la place, là bas, est libre.

Les deux étrangers entraient en ce moment, et le nom du comte de Lacy les frappa, car ils se regardèrent sans rien dire.

Ils réclamèrent une chambre, et y transportèrent eux-mêmes leurs bagages.

Quelques instants après, ils demandèrent à être présentés au comte de Lacy, qui les reçut aussitôt.

A l'aspect de ces deux hommes, le comte parut surpris.

— Vous ne nous reconnaissez pas, M. le comte ? lui dit le plus âgé.

— Il me semble vous avoir vu quelque part, mais il m'est impossible de me rappeler en quel pays.

— En Russie.

— Oui, c'est cela.

— A Pétersbourg, dans la petite maison du faubourg.

— En effet, je me souviens, vous êtes le brave Fédor, et votre compagnon c'est Ryala.

— Vous avez bonne mémoire.

— Comment se fait-il que je vous rencontre en Italie ?

— Nous sommes venus dans l'intérêt de la princesse Tarakanof.

— Vous avez une mission du prince Radziwil ?

— Aucune, répondit Fédor avec tristesse : notre maître a délaissé la noble jeune fille qui s'était confiée à lui, et, désormais, il ne fera rien pour elle.

— Qu'en savez-vous ?

— A peine de retour en Pologne, il nous a mandé de le rejoindre, et de cesser de nous occuper des affaires d'Elisabeth.

— Vous avez vu le palatin ?

— Non ; au lieu d'obéir aux ordres de notre maître, nous avons pensé qu'il valait mieux venir à Rome, afin de veiller sur la fille des tsars, que les Russes, plus que jamais, sans doute, vous entourer de piéges et d'intrigues.

— Que peuvent-ils ?

— Les agents de Catherine sont capables de tout, et ne reculeront pas devant un crime.

— Vous m'effrayez.

— Nous avons, malheureusement, une trop longue expérience des pratiques de la tsarine et de la scélératesse de ceux qui la servent.

— Et moi qui m'éloignais de Rome en toute sécurité !

— Votre présence, monsieur le comte, y serait cependant bien utile à la princesse.

Le comte de Lacy devint pensif; puis, après un moment de réflexion, il reprit :

— Je vous accompagnerai à Rome, et nous étudierons ensemble les moyens de préserver Elisabeth des dangers qu'elle court.

— Ils sont plus imminents que vous ne l'imaginez.

— Avez-vous, là-dessus, quelques renseignements?

— Des agents russes sont descendus avec nous dans cet hôtel.

— D'où viennent-ils ?

— Ils se sont embarqués à Livourne en même temps que nous.

— Connaissez-vous leurs noms ?

— L'un d'eux est le comte Madzinof.

— Il résidait à Rome il y a quelques semaines.

— Il y retourne, mais il n'est pas seul.

— Comment s'appellent ses compagnons?

— Ce sont cinq officiers de la marine moscovite; leur chef, qui a le grade de capitaine de vaisseau, se nomme Ribas ; les autres sont ses subordonnés.

— C'est la première fois que j'entends parler de cet homme.

— J'ai fait une remarque singulière sur ces hommes: c'est qu'ils n'ont pas du tout le type moscovite; il est vrai que beaucoup d'officiers de la flotte ou de l'armée russes sont étrangers: Quant à ceux-ci, je ne les crois ni allemands, ni anglais.

— Seraient-ils français ?

— Je ne le pense pas.

— Nous saurons plus tard à quelle nation ils appartiennent. Pour le moment, cette question n'a pas d'intérêt.

Il y eut une nouvelle pause, puis le comte ajouta :

— Nous partirons séparément pour Rome, laissons les Russes nous devancer, et veillons, en attendant, à ce qu'ils ne devinent point que nous sommes d'intelligence.

Fédor et Ryala, se conformant aux avis du comte, se retirèrent dans leur chambre où ils se firent servir à manger.

Ribas ni Madzinof ne songèrent à s'occuper d'eux. Le seul homme qui avait attiré leur attention, c'était le comte de Lacy, et ils étaient convaincus qu'il allait s'embarquer pour la France. Ils interrogèrent même à cet égard le propriétaire de l'hôtel, qui leur apprit qu'Armand de Lacy attendait un navire français annoncé pour le lendemain.

Madzinof, qui était connu du comte, ne se souciit pas d'être vu par lui. Aussi décida-t-il que le départ pour Rome aurait lieu le lendemain, dès le matin. Il donna un faux nom à l'hôtel, et s'abstint soigneusement de sortir.

Le jour suivant, les moscovites se mirent en route pour la ville éternelle.

Le comte de Lacy les suivit quelques heures plus tard.

Enfin Ryala et Fédor quittèrent l'hôtel à leur tour, environ trois heures après Armand de Lacy.

Les Russes voyageaient dans une vaste berline, attelée de quatre chevaux vigoureux. Madzinof, Ribas et ses quatre hommes occupaient l'intérieur.

Sur ie siége, avec le cocher, apparaissait le domestique du comte.

A cette heure matinale, la route était donc solitaire, les chevaux couraient rapidement.

La berline était arrivée à un endroit où la voie publique traverse un petit bois. Tout à coup plusieurs détonations retentissent, et l'un des chevaux s'affaisse. Les autres, lancés à toute vitesse, entraînent quelques pas leur camarade sanglant, puis s'arrêtent brusquement, effarés, hennissant de terreur.

En même temps, plusieurs hommes à figure patibulaire s'élancent du bois, sautent, les uns sur le siége du cocher qu'ils précipitent en bas ainsi que le domestique, et les autres se jettent aux portières de la berline, le pistolet à la main, le poignard aux dents.

Seul, Ribas était armé d'un pistolet double; au premier coup de feu, il avait tiré son arme et se préparait à se défendre. Mais le comte, lui retenant le bras, lui dit :

— Arrêtez, je vous prie : vous nous ferez tous massacrer sans pitié ; les bandits sont en nombre et, au moindre geste, ils nous égorgeront.

Le Napolitain comprit la sagesse de ce conseil. Madzinof ajouta :

— Je connais les brigands de ce pays, ils en veulent uniquement à notre or, tâchons de parlementer avec eux : peut-être obtiendrons-nous des conditions favorables.

Quoique Ribas, en homme de précaution, eût placé à Livourne, dans une riche maison de banque, l'argent qu'il avait reçu d'Alexis Orlof, gardant seulement sur lui une somme relativement modique, il n'accepta pas volontiers le parti que proposait le comte; sa nature audacieuse se révoltait à l'idée d'être surpris de cette façon.

Il n'eût pas le temps de réfléchir longuement sur la situation. Neuf bandits entouraient la berline, et leurs figures menaçantes annonçaient qu'ils ne laisseraient point échapper la proie que la fortune leur offrait.

L'un d'eux, le chef sans doute, visant Ribas qu'il voyait armé, lui cria :

— Un geste, un seul, et vous êtes mort. L'ancien pirate, frémissant de colère, mais n'osant répliquer, abaissa son pistolet.

— Jetez cette arme sur la route, ordonna le bandit.

Ribas obéit.

— Que ceux qui ont des armes les rendent sur-le-champ, reprit le brigand.

— Nous n'en avons pas, déclara le comte.

— Maintenant, signori, continua le bandit, faites-nous le plaisir de vider vos poches.

— Voulez-vous donc dépouiller de malheureux étrangers ? demanda le comte.

— De quelle nation êtes vous ?

— Nous sommes russes.

A cette réponse, le chef sourit.

— Les moscovites sont ordinairement tout cousus d'or, dit il, et il ne peut y avoir que profit à les fréquenter.

Madzinof se mordit les lèvres. Néanmoins, sur-

7.

montant le dégoût que lui inspirait le bandit, il répliqua :

— Vous vous trompez, à notre égard, si vous nous
croyez porteurs de sommes considérables. Voyons, vous
ne voudrez pas nous retarder davantage, et vous vous
contenterez d'une rançon raisonnable.

— Combien offrez-vous ?

— Cinq cents écus.

— Ce n'est rien.

— Mille.

— Nous préférons tout avoir, seulement hâtez-vous
de nous livrer ce que nous réclamons, car nous n'avons
pas l'habitude de stationner longtemps sur les routes.

En achevant ces mots, le brigand pénétra dans la
berline, prescrivit à deux de ses hommes d'en faire
autant, et au reste de la troupe de surveiller tous les
mouvements des voyageurs tandis qu'il les fouillerait.

Ensuite il mit la main sur Madzinof. Le Russe le
repoussa, retourna ses poches, sa ceinture, et jeta au
bandit tout ce qu'il portait sur lui de précieux.

Le voleur s'en empara vivement, tandis que ses camarades exécutaient la même opération sur Ribas et
ses hommes.

Tout en dévalisant le comte, le bandit avait remarqué le geste de dédain de celui-ci.

— Il paraît, murmura-t-il, que vous ne me trouvez
pas d'assez bonne compagnie pour vous, signor ;
pourtant je n'ai encore assassiné ni empereur, ni
prince. Tous les moscovites, et même votre souveraine
n'en pourraient dire autant. Apprenez-moi quelle dif-

férence il y a de détrousser sur les grandes routes, au coin d'un bois, et opérer à la façon de Catherine?

Madzinof jugea prudent de ne point répondre à ce sarcasme.

Cependant les compagnons du chef achevaient de débarrasser Ribas et les autres voyageurs de l'argent qu'ils portaient. L'un d'eux, ayant jeté un regard sur les anciens bandits des Calabres, tressaillit et parut un moment stupéfait.

— Il paraît, dit-il, que les voleurs italiens deviennent grands seigneurs chez les moscovites : c'est flatteur pour vous autres.

Et, il appela l'attention du chef sur les trois jeunes hommes qui se taisaient.

— Eh oui! s'écria le capitaine, ce sont nos anciens amis, qui, autrefois, coupaient si adroitement la bourse et même la gorge des voyageurs. Au lieu de la corde, ils ont trouvé une position honorable, et je les en félicite.

Puis, comme les trois frères n'avaient point encore été totalement dépouillés, le bandit ajouta :

— Afin de prouver à MM. les moscovites que nous les valons en fait d'honneur et de beaux sentiments, je veux que nos anciens camarades conservent ce qui leur reste: les relations qu'ils ont eues jadis avec nous méritent bien cette petite faveur.

Et ils ne furent point fouillés davantage. Le comte Madzinof, rouge de honte, jetait sur Ribas des regards furieux, auxquels le Napolitain feignait de ne point prendre garde.

Les brigands avaient fait une excellente recette,

surtout près de Madzinof et de Ribas. Avant de sortir de la berline, ils prirent la précaution de garrotter solidement le comte et ses compagnons.

Le cocher et le domestique furent liés également, et jetés dans le fossé qui bordait la route.

Les bandits s'occupèrent ensuite de visiter les bagages, où ils saisirent une foule d'objets précieux.

Cela fait, ils tranchèrent les jarrets des trois chevaux demeurés intacts, et disparurent dans le bois avec leur butin.

La situation de Madzinof et des autres voyageurs était fort désagréable.

Réduits à l'impossibilité de faire un mouvement , ils durent attendre que les passants vinssent les délivrer. Ils n'osaient crier, de peur que les bandits ne revinssent.

Ces derniers, qui avaient des complices dans les villages voisins, et dont la renommée terrible inspirait l'effroi dans le pays, étaient sûrs de pouvoir se retirer en toute sécurité. Les rares paysans qui parurent sur la route, aux heures suivantes se détournaient prudemment, afin de ne point se commettre dans une mauvaise affaire.

Toutefois, au bout de quatre heures, le bruit d'une voiture se fit entendre, venant de Civita-Vecchia. À la vue de la berline immobile et des chevaux blessés barrant la route, elle s'arrêta.

Un homme, jeune encore, passa la tête par la portière et demanda :

— Qu'y a-t-il ?

— Un crime a été commis ici , monsieur le comte ,

répondit le cocher : je vois là trois chevaux blessés et un qui est mort.

Au moment où le cocher donnait ces explications, plusieurs voix appelèrent au secours de l'intérieur de la berline.

Aussitôt le cocher et un valet de pied assis à côté de lui sautèrent sur la voie.

Le voyageur qui avait questionné, descendit pareillement.

C'était Armand de Lacy.

Laissant la comtesse et ses deux femmes de chambres dans le véhicule, il courut à la berline, ouvrit une des portières, et aperçut six hommes, étendus pêle-mêle et garrottés.

Il reconnut immédiatement Madzinof.

Aidé de ses domestiques, il trancha les liens des Russes, et leur rendit la liberté.

Puis, les deux serviteurs, ayant remarqué le cocher de la berline et son compagnon, gisant au fond du fossé, ils les délivrèrent également.

Madzinof, surpris de l'apparition du comte de Lacy, se hâta néanmoins de le remercier avec cette politesse sous laquelle, alors comme aujourd'hui, les moscovites s'efforçaient de dissimuler le barbare.

— Sans vous, monsieur, lui dit il, nous courions risque de coucher ici ; et qui sait ce qu'il serait advenu de nous? d'autres bandits, ne trouvant plus rien, auraient pu achever l'œuvre de leurs confrères, jouer du couteau ou du pistolet.

— Aussi, monsieur, répliqua le comte de Lacy, suis-je doublement heureux d'avoir contribué à vous affranchir de la position gênante où ces misérables vous avaient mis.

Ribas et ses camarades crurent devoir, de leur côté, assurer de leur reconnaissance Armand de Lacy. Toutefois ce dernier observa qu'ils s'exprimaient en pur italien.

Madame de Lacy, la tête à la portière, avait suivi cette scène du regard.

— Messieurs, reprit le comte de Lacy, nous sommes encore éloignés de Rome, et je voudrais pouvoir vous offrir ma voiture; malheureusement elle ne saurait vous contenir tous. Si du moins j'avais un cheval de plus; mais je n'en ai que deux.

— Nous gagnerons le village voisin, déclara Madzinof, et nous tâcherons de nous y procurer des chevaux quelconques. Seulement les bandits nous ont si bien rançonnés qu'il ne nous reste pas un écu vaillant.

— Qu'à cela ne tienne, dit Armand de Lacy. Et, ouvrant sa bourse, il remit au moscovite une poignée d'or.

Madzinof accepta l'offre du gentilhomme français avec force démonstration de gratitude.

— Dès mon arrivée à Rome, ajouta-t-il, j'aurai l'honneur de vous voir, M. le comte, et de vous restituer le prêt que vous me faites.

— Ne vous gênez pas, monsieur; cependant soyez sûr qu'il me sera toujours agréable de vous recevoir.

Le comte de Lacy prononça ces paroles du bout des lèvres; la rencontre qu'il venait de faire le contrariait singulièrement. Il avait compté rentrer dans la ville à l'insu des Russes, afin de mieux les surveiller ; et voilà qu'un accident leur livrait le secret de sa présence.

Quant à Madzinof, tout en se félicitant du secours qui lui avait été accordé, il eût préféré savoir Armand de Lacy en France ; le retour du comte à Rome contrariait ses plans, et il comprenait parfaitement que ses évolutions ne seraient point aussi faciles.

Armand de Lacy remonta dans sa voiture, quand la berline des moscovites eut été rangée sur le côté de la route, et Madzinof avec ses compagnons prirent congé de lui.

Le comte de Lacy continua sa course vers Rome, et les Russes, laissant un des leurs avec le valet de Madzinof auprès de la berline, allèrent chercher des chevaux.

Ils revinrent au bout de deux heures avec quatre chevaux achetés dans un village, qu'ils se hâtèrent d'atteler à leur berline.

Au moment où ils allaient partir, une voiture à deux chevaux les dépassa. Ceux qui étaient dedans, ayant jeté un regard sur la route, remarquèrent des traces de sang, des chevaux morts ou mourants, et donnèrent l'ordre d'arrêter.

Deux hommes, sautant à terre, s'approchèrent vivement des moscovites et les interrogèrent.

Lorsqu'ils eurent appris le guet-apens dont ces derniers avaient été victimes, ils demandèrent si d'autres voyageurs n'avaient point été dévalisés.

Madzinof, qui les observaient attentivement, et qui avait reconnu les deux passagers soi-disant allemands de *Saint-Vladimir*, leur raconta comment le comte de Lacy l'avait délivré ainsi que ses compagnons.

A la nouvelle que le Français était sain et sauf, un rayon de joie éclaira la figure des deux étrangers; et Madzinof, qui ne les perdaient pas de vue, en conclut qu'ils s'étaient mis en relation avec le comte de Lacy, et se promit de le faire surveiller quand il serait à Rome.

Il se disposait même à les questionner adroitement, mais ils déclarèrent qu'ils étaient pressés d'arriver, regagnèrent leur voiture, et s'éloignèrent rapidement.

Ryala et Fédor descendirent devant la maison même où le comte de Lacy avait résidé auparavant, comme il avait été convenu à Civita-Vecchia.

Ils racontèrent à Armand ce qui leur était arrivé en chemin.

Le comte, après réflexion, leur dit :

— Puisque les moscovites savent maintenant que je suis à Rome et qu'ils vous connaissent, il est inutile, je pense, de mettre de la gêne dans nos rapports. Vous resterez avec moi, votre présence dans ma demeure les tiendra en respect. Ignorant où et comment nous avons été en relations ensemble, ils se défieront. Pendant qu'ils chercheront à percer ce mystère, peut-être nous donneront-ils prise sur eux.

Fédor et son compagnon approuvèrent l'avis d'Armand de Lacy, et s'établirent dans sa maison.

XI

LE COUVENT DE SAINT FRANCOIS.

Le retour du comte de Lacy à Rome rendait beaucoup plus difficile l'exécution des desseins de Madzinof. Désormais il fallait redoubler de prudence et
d'astuce.

Se rappelant que Radziwil avait exercé une grande
influence sur la princesse Tarakanof non-seulement
par la perspective du trône qu'il avait fait briller à
ses yeux, mais encore en la berçant de l'espérance du
rétablissement du catholicisme en Russie, Madzinof
résolut d'employer les mêmes moyens pour s'introduire auprès d'elle et gagner sa confiance.

Le comte moscovite parla dans ce sens à Ribas, lui
raconta minutieusement l'histoire d'Élisabeth, son
évasion du palais d'Anickof, son arrivée à Rome, sous
es auspices du palatin de Vilna, et les projets de ce
dernier.

Ribas était rusé comme un Grec du Bas-Empire, et
sous ce rapport aucun Russe ne le surpassait. A cela
il joignait une résolution opiniâtre, une certaine
éloquence et une profonde connaissance des hommes.

Nous avons vu comment il avait deviné le jeu d'Alexis
Orlof, et s'était emparé tout d'abord du secret que ce
dernier prétendait garder; mais il avait tu soigneuse-

ment à ses hommes ce qu'il avait appris, et il les avait amenés à Rome, en les laissant convaincus qu'il s'agissait sérieusement de rendre Élisabeth au trône des Turcs et la Russie au catholicisme.

Outre l'appât des récompenses, une pareille entreprise devait sourire aux aventuriers : il y avait des périls à courir et leur religion à glorifier. Nés tous en Italie, ils conservaient précieusement au fond du cœur le sentiment de la foi catholique, malgré leurs déportements. Pour l'Italie, en général, le culte de ses pères fait partie de son âme et de son cœur. Ne voit-on pas, de nos jours encore, le bandit de la Péninsule voler, assassiner, commettre des actes atroces, la croix ou le scapulaire sur la poitrine ! En foulant aux pieds toutes les lois divines et humaines, en violant les préceptes essentiels du Christianisme, on dirait qu'il tient à garder le dernier fil qui le rattache à l'Église, et le symbole extérieur de ses croyances.

Il y a là, sans doute, plus de superstition que de conviction, et ni la formule ni la règle ne suffisent aux yeux de l'Église. Cependant cet attachement invariable à certaines pratiques religieuses n'en est pas moins respectable.

Or, les quatre compagnons de Ribas étaient imbus fortement de ces sentiments. D'un geste, leur chef leur eût mis le poignard à la main pour l'assassinat ; mais ni promesses, ni menaces ne les eussent décidés à renier la foi catholique, pour embrasser le schisme ou l'hérésie.

Quant à Ribas, la suite de cette histoire dira jusqu'à quel point il partageait les idées de ses subordonnés. Initié au plan des envoyés de Catherine, il avait accepté le rôle perfide destiné à perdre la princesse. Pousserait-il l'hypocrisie jusqu'à employer la religion catholique comme un instrument propre à réaliser les vues de ceux qui le payaient? Telle était la question qui s'était posée à Orlof, et voilà pourquoi le Moscovite, qui connaissait à fond l'esprit italien, avait essayé d'abord de donner le change à Ribas.

Pourtant, ce qu'il savait de la vie de cet homme l'avait rassuré. En effet, le Napolitain avait joué tous les rôles, et se proclamait hautement indifférent à l'égard de toutes les religions . D'ailleurs, Madzinof avait reçu l'ordre de le surveiller attentivement et de réchauffer sans cesse son zèle, en lui rappelant la grandeur de la récompense qui l'attendait, en cas de succès. Enfin Orlof se réservait de le stimuler par de fréquents messages, et de lui offrir de nouveaux subsides, s'il le fallait.

Le Napolitain s'était logé avec ses compagnons sur la place d'Espagne, dans une vaste maison ayant deux issues, l'une sur la place même et l'autre du côté opposé, sur un jardin.

Dès leur arrivée, il avait recommandé à ses hommes de mener une vie régulière, et de s'abstenir de la fréquentation des gens mal famés.

— Vous êtes catholiques, leur avait-il dit d'un air pénétré, et vous habitez la ville sainte des chrétiens. De plus, vous appartenez au corps d'officiers de la marine russe, et il faut honorer votre grade ainsi que votre caractère. Enfin, nous sommes ici pour accomplir un grand projet, celui de restituer le trône des tsars à sa légitime héritière, la princesse Élisabeth. Avec elle s'opèrera la réconciliation d'un immense empire et de notre Église. De sorte que nous, Italiens, nous aurons fait beaucoup plus pour la religion que les évêques et le pape lui-même. Outre les richesses que nous vaudra le succès d'une telle œuvre, nous aurons conquis une renommée immortelle avec des honneurs durables.

Ainsi, vous tenez dans vos mains l'avenir le plus brillant qu'un Italien puisse rêver. S'il y a quelque ombre dans votre vie, quelques actes... répréhensibles, tout sera effacé par votre zèle et votre dévouement à une entreprise glorieuse.

Les forbans, enthousiasmés, protestèrent qu'ils suivraient aveuglément les ordres de leur chef.

— Je savais bien, amis, reprit-il, que je pouvais compter sur vous. Soyez discrets, car il y a dans Rome des agents de Catherine, attentifs à toutes vos démarches.

— Le comte Madzinof... fit Maronelli.

— Le comte Madzinof est avec nous, interrompit Ribas. Je dois même ajouter que le comte Alexis Orlof et l'amiral Greig, le commandant de la flotte, mouillée à Livourne, sont prêts à détrôner Catherine.

— Qu'avons-nous à faire en ce moment? demanda Maronelli au nom de ses camarades.

— Rien autre chose qu'à jouer le rôle d'officiers moscovites et de catholiques fervents. Fréquenter assidûment les églises, les prêtres, les moines; faites-vous remarquer par la sévérité de vos mœurs, et vous aurez préparé à merveille la réussite de nos projets.

La conduite que Ribas traçait à ses hommes était facile à tenir pour des Italiens, et les quatre officiers promirent de suivre ponctuellement les recommandations du chef.

Madzinof, de son côté, ne perdait pas de temps. Le surlendemain de son arrivée, il se présenta chez le comte de Lacy, afin de rendre la somme reçue en route, après le passage des bandits.

L'agent moscovite fut accueilli avec une froide politesse par Armand de Lacy. Néanmoins il prolongea sa visite, et amena insensiblement la conversation sur le séjour de Rome.

— Je me plais extrêmement en cette noble ville, dit il, toute pleine des souvenirs du passé et de ceux de la religion. J'avoue que j'y suis venu sous l'impression de nombreux préjugés ; mais aujourd'hui, je reconnais volontiers qu'on m'avait trompé : Rome est véritablement la capitale de la religion, et rien n'est plus auguste que son pontife.

Le comte de Lacy, étonné, gardait le silence.

— Combien je regrette, reprit Madzinof, que la Russie se soit détachée de ce centre vénérable ! Mais j'espère que le mal n'est pas irrémédiable.

— La tsarine déteste l'Église romaine, répliqua enfin Armand de Lacy, et elle persécute de toutes ses forces ses sujets catholiques.

— C'est là un malheur que je déplore autant que vous, soupira le moscovite.

— Catherine, ajouta le gentilhomme français en s'animant de plus en plus, vient de mettre le pied sur

la poitrine de la Pologne, et son but principal est d'é-
touffer la vieille foi de cette illustre nation.

En outre, la tsarine s'efforce de soumettre l'empire
ottoman ; elle aspire à placer son trône à Constantinople même, se flattant que de là elle dictera la loi au
monde catholique, brisera la papauté, et établira le
schisme sur ses ruines.

Votre souveraine est donc l'ennemie la plus irréconciliable de Rome ; et, il faut l'avouer, sa puissance
est bien près, peut-être, d'égaler sa haine pour le catholicisme.

Madzinof convint que les intentions de Catherine
étaient hostiles à Rome

— Aussi, ajouta-t-il, les hommes intelligents de
mon pays, ceux du moins que n'aveugle pas l'ambition
effrénée, n'approuvent point les tendances de l'impératrice. Beaucoup, sachez-le, ne lui ont pas encore
pardonné de s'être ouvert une route sanglante à la
domination. Pour eux, Catherine est une étrangère,
souillée du sang de nos princes légitimes.

Ce langage surprit le comte de Lacy. Mais Madzinof
s'exprimait avec un tel accent de conviction, que son
interlocuteur ne savait plus que penser. Vainement il
cherchait pour quels motifs le moscovite s'ouvrait à
lui si franchement, il ne trouvait pas, et, il n'était
point éloigné de conclure que le dégoût finissait par
s'emparer des Russes honnêtes, en présence des crimes et de la dépravation de la tsarine.

Madzinof, d'un coup-d'œil, comprit l'effet qu'il avait
produit et changea immédiatement de conversation.
Il s'informa négligemment si le comte de Lacy devait

rester à Rome longtemps encore ; et, sur la réponse évasive de celui-ci, il demanda, sans insister davantage, la permission de faire une nouvelle visite.

— Vous m'honorez infiniment, M. le comte, répliqua Armand, et il me sera toujours agréable de vous recevoir ; mais mon devoir, actuellement, est de me présenter chez vous.

— Et vous y serez le bien-venu.

Ainsi se termina la première entrevue du comte de Lacy et de l'agent moscovite.

Quant à Ribas, il employait activement son temps.

Après avoir donné ses instructions aux quatre Italiens venus avec lui, il se préoccupa de savoir quels lieux et quelles familles la princesse Tarakanof fréquentait de préférence. Il apprit qu'elle vivait fort retirée, recevait peu de monde, et ne sortait guère que pour visiter les sanctuaires de Rome.

Élisabeth semblait avoir voué une affection particulière à l'église Saint-François, appartenant aux capucins dont le couvent s'élevait à côté.

C'était ce même monastère où Ribas, autrefois, avait résidé comme religieux.

Dès lors il se rendit souvent, presque tous les jours, à cette église, dans l'espoir d'y rencontrer la princesse.

Un matin, Ribas, pieusement agenouillé dans la chapelle Mattei, la troisième à gauche, paraissait absorbé dans une profonde prière. Les religieux, qui le voyaient fréquemment dans leur église, s'édifiaient de son apparente dévotion. Tout à coup il entendit le pas de deux femmes glisser à côté de lui, et les aperçut presque aussitôt prosternées à peu de distance.

L'une d'elle, la plus jeune, ne tarda pas à se relever, et se tournant à demi vers le Napolitain attentif, alla droit à un confessionnal voisin.

Elle était de taille imposante et gracieuse; une rare beauté rayonnait sur son visage.

Ribas reconnut à l'instant la princesse Tarakanof, à sa ressemblance avec le portrait de l'impératrice Élisabeth, que Madzinof lui avait montré plusieurs fois.

Le confessionnal, dans lequel entra la noble jeune fille, l'héritière des tsars, était celui du P. Bonaventura, supérieur du couvent, à l'époque où Ribas l'habitait en qualité de religieux.

La princesse resta un quart d'heure environ au tribunal sacré, puis rejoignit sa compagne, madame de Vigneulles.

Au bout d'une demi-heure les deux femmes quittèrent l'église.

Après leur départ, Ribas se rendit au parloir des capucins, et demanda le P. Bonaventura.

Le religieux vint immédiatement. C'était un vénérable vieillard, aux traits doux et macérés par la mortification. Sous son vêtement de bure, sa démarche avait conservé une dignité touchante. On sentait, à le voir, que son âme, détachée des choses d'ici-bas, planait sans cesse dans un monde supérieur.

Il avait remarqué l'assiduité de l'inconnu à l'église, et sa figure s'éclaira d'un sourire bienveillant en l'apercevant. Il répondit à son salut respectueux en lui tendant la main, et l'invita à s'asseoir sur une chaise de paille, auprès d'une pauvre table ; lui-même prit place sur un siége semblable, en face du visiteur.

Voyant que ce dernier le contemplait avec un certain trouble, il lui adressa le premier la parole, et demanda :

— Que désirez-vous de moi, mon fils ?

— Vous ne me reconnaissez pas, mon père ? s'enquit le Napolitain d'une voix qui simulait admirablement l'émotion.

— Non : c'est la première fois, il me semble, que nous nous rencontrons. Cependant je crois vous avoir aperçu dans notre église.

— Ce sanctuaire m'est cher à bien des titres, reprit le capitaine.

— Saint François a beaucoup d'amis, dit le religieux en souriant.

— J'ai des raisons particulières de l'affectionner plus que d'autres.

— En vérité, peut-être avez-vous obtenu, par nos intercessions, des grâces précieuses ?

— Il a protégé ma jeunesse, et j'ai coulé dans sa maison de belles années... les plus belles de ma vie.

En prononçant ces paroles, Ribas, habile comédien, laissait trembler sa voix, jouant un attendrissement qu'il n'éprouvait nullement.

Le P. Bonaventura, les yeux fixés sur son interlocuteur, cherchait à recueillir ses souvenirs, mais inutilement.

— Calmez-vous, mon fils, recommanda-t-il, et expliquez-vous en toute liberté.

Ribas feignit de se recueillir. Enfin il répondit :

— Ainsi, mon père, vous m'avez oublié !

— Qui êtes-vous donc ?

— Vous ne vous rappelez plus Fra Girolamo ?

— Quoi ! vous seriez......

— Ce jeune religieux que vous avez jadis comblé de votre tendresse.

— Et qui nous a été enlevé si malheureusement par une troupe de bandits ?

— C'est bien cela.

— Ah ! fit le saint vieillard en joignant les mains, nous avons pleuré longtemps votre perte, mon fils ! Mais comment avez-vous échappé aux mains de vos ravisseurs !

— C'est une longue histoire.

Et Ribas se tut de nouveau.

— Nous vous avons cru mort, déclara le P. Bona-ventura, et nous avons prié longtemps pour vous.

— Plût à Dieu que j'eusse péri dans la fleur de mon innocence ! gémit hypocritement le Napolitain.

— Vous avez été malheureux ?

— Oui et non.

— Que voulez-vous dire ?

— Que j'ai été malheureux au regard de Dieu, et fortuné selon le monde.

— Avez-vous confiance en moi, mon fils ?

— Absolument, mon père.

— Eh bien, racontez-moi votre vie depuis que vous nous avez quitté.

— J'aurai besoin de toute votre indulgence, car j'ai été bien coupable, sans doute.

— Vous êtes assuré d'avance de mon pardon. Le Seigneur n'enseigne t-il pas que le prodigue doit être accueilli avec empressement dans la maison paternelle?

— Merci, ô mon père! s'écria Ribas en versant quelques larmes et en couvrant de baisers les mains du religieux devant lequel il était tombé, prosterné.

— Relevez vous, pauvre enfant, insista le P. Bonaventura, et parlez-moi sans crainte de ce qui vous est arrivé.

Le Napolitain obéit, s'essuya les yeux, et commença son récit.

— Ce n'était pas à-moi qu'en voulaient, dit- il, les brigands qui m'ont enlevé : ils croyaient se saisir d'un de nos frères qui avait arraché à leur chef, un mois auparavant, une jeune fille qu'il se proposait de ravir. Ils étaient déjà hors de Rome, quand ils s'aperçurent de leur méprise. Néanmoins ils me gardèrent et m'entraînèrent vers la mer.

Là, ils me jetèrent sur un petit navire qui leur appartenait, car j'étais tombé aux mains d'affreux pirates.

Craignant d'être poursuivis pour plusieurs méfaits récemment commis par eux dans les États-Romains, ils mirent immédiatement le cap sur Gênes, d'où ils firent voile pour l'Angleterre.

De là, ils se rendirent dans la Baltique, mouillèrent dans le port de Kronstadt.

Profitant un peu de leur négligence à me surveiller, je m'échappai du bâtiment, et pénétrai dans la ville, où j'errai longtemps sans trouver un asile.

Enfin, recueilli par un Russe opulent, je fus admis

à son foyer, et il me confia l'éducation de ses deux fils, dont l'un avait quatorze ans et l'autre douze.

C'était une famille schismatique, attachée opiniâtrément au culte prétendu orthodoxe.

Bientôt il me fut interdit de professer ostensiblement ma foi, et je fus réduit à une sorte d'esclavage. A chaque résistance, le moscovite menaçait de me dénoncer et de me faire condamner à la déportation en Sibérie.

Pendant un an je luttai contre des tentations incessantes. Enfin, mon énergie se relâcha : l'ennui, la crainte, les passions s'emparèrent de moi, et je fus faible.

— Vous avez renié la religion catholique?

— Non, pas tout à fait, mais, au mépris de mes vœux, pour échapper à la tyrannie qui m'opprimait, je m'engageai dans la marine russe comme soldat, ma première éducation m'ayant initié aux choses de la mer.

En quatre ans, à force de courage et de beaux exploits, je devins officier, et je participai, dans une certaine mesure, à la licence qui règne dans la marine moscovite.

Ici Ribas feignit encore d'être profondément ému ; il se couvrit le visage de ses mains, comme s'il n'eût pu continuer.

Le P. Bonaventura, touché d'un repentir qu'il jugeait sincère, lui dit avec bonté :

— Votre malheur, mon cher fils, n'est point irréparable. D'ailleurs, n'étant pas prêtre, mais simple religieux, vous pouviez être relevé facilement de vos engagements par l'autorité épiscopale. Ne le saviez-vous pas?

— Pardonnez-moi, mon père : je me suis fait délier, il y a un an, par l'évêque de Vilna.

— Alors vous êtes en règle avec votre conscience.

— Cependant je n'ai pu, jusqu'ici ; étouffer le remords que m'inspire ma conduite passée. Et puis, je ne me pardonne point d'être entré au service d'une femme criminelle et infâme comme l'impératrice de Russie.

— Hélas! c'est l'ennemie la plus acharnée de l'Eglise, et les musulmans sont beaucoup moins à craindre.

— Dites, mon père, que Catherine seule est redoutable aujourd'hui pour le catholicisme; si elle triomphe, de terribles calamités fondront certainement sur les fidèles.

— Comptons sur Dieu, mon fils, qui ne permettra pas la ruine de son Eglise : il a promis d'être avec elle jusqu'à la consommation des siècles. Mais comment êtes-vous revenu à Rome?

— Mon cœur m'y a ramené et.... le désir de faire quelque chose pour conjurer les maux qui menacent l'Eglise.

— Que projetez-vous? interrogea le religieux que les prétendues confidences de Ribas intéressaient au plus haut degré.

— La chute de Catherine.

— Mais... vous lui avez prêté serment de fidélité.

— Oui, je l'avoue.

— En ce cas, ce serait un crime à vous, de conspirer contre elle.

— J'ai fait une découverte, qui m'autorise à croire que mon serment est nul.

— Quelle est-elle ?

— Catherine n'est pas la souveraine légitime de la Russie , et c'est contre tout droit qu'elle occupe le trône.

— C'est là une grave question, murmura le vieillard.

— Pourtant elle me semble facile à résoudre.

— Je ne sais...

— Supposons, mon père, que j'aie juré de maintenir un voleur en possession d'un héritage qu'il aurait ravi, et que, plus tard, je reconnaisse mon erreur, serais-je tenu à mon serment?

— Non, sans doute.

— Eh bien ! vous avez jugé la situation de Catherine : elle s'est emparée de l'empire russe en égorgeant son mari ; elle a tué, pour le garder, le jeune Ivan, proclamé tsar à son berceau, et, maintenant, elle le détient au détriment d'une noble jeune fille, descendante directe du tsar Pierre 1er, et la véritable héritière de la couronne.

— Et cette jeune fille, où est-elle? interrogea le P. Bonaventura avec une certaine vivacité qui témoignait combien les paroles de Ribas excitaient son attention.

— A Rome, répondit le Napolitain.

— Vous la nommez ?

— Elisabeth, princesse de Tarakanof.

Le vénérable religieux pencha un instant la tête sur sa poitrine comme s'il se fût consulté. Ensuite, la relevant lentement, il dit :

— Tout cela est vrai, mon fils, je le sais.

— Vous connaissez la princesse? dit le capitaine.

— Parfaitement : elle était tout à l'heure encore dans notre église, qu'elle aime à fréquenter.

— Alors, mon père, s'écria Ribas avec entraînement, c'est la Providence qui m'a conduit auprès de vous : avec votre concours, je réussirai à détruire le pouvoir de l'ennemie de l'Église, de l'odieuse Catherine.

— Que puis-je faire pour cela, moi humble moine? demanda le vieillard ; et vous-même, quels moyens comptez-vous employer contre cette femme dont la puissance formidable paraît si solidement établie?

— Quant à Catherine, c'est le colosse aux pieds d'argile, et plusieurs fois déjà diverses conspirations ont failli la briser. Elle ne se maintient sur son trône usurpé qu'à force de terreurs. Beaucoup, parmi les grands, murmurent en secret, la révolte fermente au cœur du peuple, l'armée se fatigue des expéditions continuelles qu'on lui fait entreprendre, et la flotte n'attend que le signal pour se soulever.

— En êtes-vous bien sûr?

— J'ai vu, j'ai constaté par moi-même ces symptômes évidents d'un règne prêt à s'écrouler. Les meilleurs amis de Catherine sont las de sa tyrannie capricieuse. Alexis Orlof lui-même, soit remords, soit tout autre motif, appelle de tous côtés la déchéance de la tsarine.

Voilà, mon père, en quel état se trouve la Russie.

A l'égard des moyens que je médite de mettre en œuvre pour réaliser mon dessein, rien de plus simple : il suffit d'une étincelle pour mettre le feu à l'empire ; et cette étincelle sera le nom de la fille des tsars, de la princesse Elisabeth.

Vous le voyez donc, votre aide peut être pour moi d'un grand prix, et j'ose espérer que vous ne me le refuserez pas.

— Il est difficile, ô mon fils, à un religieux de s'occuper de questions politiques.

— Celles dont je parle touchent autant, pour le moins, à la religion qu'à la politique.

— C'est là ce que je ne comprends pas clairement.

— Estimez-vous pour rien, mon père, la présence d'une princesse catholique à la tête d'une nation telle que la Russie ?

— C'est une chose désirable, assurément ; mais que pourrait Elisabeth contre le vouloir de l'immense majorité des populations de l'empire moscovite ?

— Elles ont été unies à Rome, autrefois ; et le clergé seul, à peu d'exceptions près, s'apercevrait du changement De plus, le désir de se concilier la Pologne disposerait favorablement, j'en suis certain, la plupart des Russes intelligents à la réconciliation. Et puis, quand l'avénement de la princesse n'aurait pour résultat que la cessation de la persécution, serait-ce donc peu de chose, à votre avis ?

— Ce serait énorme, au contraire.

— En outre, un tel événement mettrait une digue à la politique moscovite si redoutable pour l'Eglise

catholique. Ainsi, à tous les points de vue, l'œuvre
que je prépare, me paraît avouable pour la conscience
et de nature à obtenir le concours ardent du clergé
régulier et séculier.

— Le prince Radziwil avait les mêmes idées que
vous ; c'est étrange ! fit le P. Bonaventura.

— Cela prouve quel travail se fait dans les esprits
en ce moment, chez les Russes et les Polonais. La
situation est mûre, et il importe d'en profiter au plus
tôt.

Le religieux, frappé de toutes ces considérations,
promit à Ribas de s'employer auprès de la princesse à
lui préparer les voies. Le Napolitain, ayant obtenu
ce qu'il voulait, ajouta :

— Je ne suis pas seul à Rome pour mener cette
affaire à bonne fin. Je suis venu avec le comte Madzinof...

— Madzinof ! répéta le P. Bonaventura ; Madzinof
est un agent moscovite chargé d'épier les démarches
de la princesse. Si vous agissez de concert avec cet
homme, c'est qu'il vous trompe.

— Je ne le crois pas.

— Je le connais ; défiez-vous de lui.

Ribas sourit.

— En effet, reprit-il ; sa conduite antérieure peut
prêter au soupçon ; mais il a bien changé depuis un
mois. Appelé à Livourne par le comte Alexis Orlof,
il a jugé par lui-même des dispositions de la flotte, et
il agira désormais contre Catherine.

— Je crains qu'il ne vous joue.

— Impossible.

— Pourquoi ?

— Il est dans mes mains.

— Qu'en savez-vous ?

— C'est moi qui suis chargé d'engager la partie, et j'ai reçu d'Orlof de fortes sommes. D'ailleurs, j'ai amené avec moi quatre hommes, nés tous en Italie, et, depuis plusieurs années mes compagnons dévoués; ils sont revêtus d'un grade dans la marine russe et n'obéissent qu'à mes ordres. Ils sont pieux, intelligents, et prêts à sacrifier leur vie pour le triomphe de l'Église. Si vous le souhaitez, mon père, je vous les présenterai.

— Je les verrai volontiers.

— Avant de vous quitter, reprit Ribas, je prendrai la liberté de vous prier de me donner une lettre d'introduction pour la princesse.

— Revenez dans deux jours : je la préviendrai, et je pense qu'elle consentira à vous recevoir.

Le Napolitain se leva, remercia chaleureusement le P. Bonaventura de son bon accueil, s'agenouilla humblement pour demander sa bénédiction, lui baisa dévotement la main, et s'éloigna, charmé du succès de sa démarche.

Au lieu de sortir immédiatement du couvent, il rentra dans l'église, où il demeura longtemps prosterné.

Le vénérable religieux, que son ministère avait rappelé dans le temple, vit l'ancien capucin, et admira son recueillement.

C'était tout ce que voulait l'aventurier : il avait merveilleusement joué le premier acte de la comédie.

XII

DOUBLE VISITE.

Le comte Madzinof avait vu Armand de Lacy sans
prévenir Ribas ; il tenait à prendre seul l'initiative, et
ne songeait pas sans orgueil à la possibilité de réussir
par ses propres forces à réaliser le plan arrêté avec
Alexis Orlof, à Livourne.

De son côté, le Napolitain agissait mystérieusement, se réservant d'appeler Madzinof à son aide, au
cas seulement où il ne pourrait faire autrement.

De sorte que ces deux hommes travaillaient à l'insu
l'un de l'autre, à nouer des relations avec la princesse Tarakanof ; le premier, par l'entremise du comte
de Lacy, le second par celle du P. Bonaventura.

Le lendemain du jour où Armand de Lacy avait reçu
la visite de l'agent moscovite, il se rendit chez ce
dernier, autant pour obéir aux règles de la courtoisie
que par un sentiment de curiosité.

Il désirait sonder Madzinof sur ses véritables dispositions, et s'assurer s'il avait parlé sincèrement, tant
au sujet de la princesse Tarakanof que sur la situation de la Russie.

Armand de Lacy fut accueilli par le Moscovite avec
une politesse exquise et un empressement plein de

bonne grâce. Seulement il remarqua que Madzinof était préoccupé, presque triste. Il s'attendait à ce que le Russe revînt au sujet de conversation qui l'avait si fort étonné, mais Madzinof s'abstint complétement, même d'une allusion, à cet égard.

Le comte de Lacy, qui ne voulait pas perdre le fruit principal qu'il se proposait dans sa visite, fut obligé d'aborder lui-même la question.

Aux premiers mots sur ce point, le front du Moscovite se rembrunit encore, et il répondit au gentilhomme français d'une voix triste :

— J'avais formé de beaux projets pour l'avenir de mon pays, mais j'ai peur de ne pouvoir contribuer à leur réalisation comme je le voudrais.

— Qui vous en empêchera?

— L'impératrice, m'a-t-on mandé, se propose de me rappeler à Pétersbourg.

— Pour quel motif?

— Parce qu'elle juge ma présence inutile ici.

— Serez-vous remplacé? demanda le comte de Lacy avec une certaine inquiétude.

— Certainement. Catherine tient trop à surveiller la princesse.

— Alors, on vous juge impropre à cet office?

— Naturellement.

— Il s'ensuivrait que vous auriez été dénoncé?

— Cela ne fait pas l'ombre de doute pour moi, et je devine quel est le délateur.

— Qui soupçonnez-vous?

— Le prince Radziwil.

— Lui ! fit Armand de Lacy, au comble de la stupéfaction ; est-ce possible ?

— Il est capable de tout, maintenant. Vous ne savez pas l'histoire de son départ ?

— Il me l'a expliqué.

— Que vous a t-il dit ?

— Que la tsarine, lui offrant la restitution de ses
biens, moyennant son retour en Pologne, il accepte
cette faveur, afin de pouvoir soutenir la princesse
Tarakanof.

— Eh bien, Radziwil vous a induit en erreur.

— Pourtant...

— Je le répète, Monsieur le comte, il vous a dissi-
mulé la vérité, et la voici : le palatin de Vilna, réduit
aux abois, ne se résignait point à la misère, même
pour une noble et juste cause. Catherine l'apprit, et
résolut de profiter de l'occasion pour avilir cet homme
dont l'audace et l'habileté l'avaient inquiétée. Elle lui
fit donc offrir de rentrer dans ses biens et dans la faveur impériale, à la condition de retourner sur-le-
champ en Pologne en abandonnant Élisabeth.

Quoique le comte de Lacy sût à quoi s'en tenir sur
la conduite de son ancien ami, il crut devoir, à leurs
relations d'autrefois, de protester contre cette accusation flétrissante.

Mais Madzinof ajouta en souriant tristement :

— Je maintiens ce que j'ai avancé. Je dirai plus :
Radziwil a failli livrer la princesse aux mains de sa
plus mortelle ennemie.

— Ah ! pour le coup, vous calomniez le palatin,
s'écria Armand de Lacy.

— J'ai la preuve de ce que j'affirme, répondit froidement le Moscovite.

— Et cette preuve ?

— C'est que j'ai été chargé moi-même de faire la proposition, au nom de la tsarine. Votre présence à Rome, et la crainte qu'éprouvait le prince de ne point rencontrer la docilité suffisante de la part de ses émissaires, ont seules sauvé la princesse.

La lâcheté de cet homme, la perfidie de Catherine, l'innocence d'Élisabeth ont commencé à me dégoûter des fonctions qu'on m'avait imposées. Lorsque je partis de Rome pour me rendre à Livourne, auprès d'Alexis Orlof, j'étais décidé à demander mon rappel, pour cause de santé. Si je suis revenu, c'est pour essayer d'accomplir l'œuvre primitive de Radziwil, la restauration d'Élisabeth sur le trône de ses ancêtres.

Cette fois, le comte de Lacy ne douta plus de la sincérité de Madzinof.

- Monsieur le comte, dit-il en lui tendant la main, vous êtes un noble caractère. Dieu bénira votre dessein, auquel je m'associe.

— Merci, monsieur, de votre appréciation ; elle m'honore autant qu'elle m'encourage. Mais il nous faut agir promptement. Pouvez-vous m'introduire auprès de la princesse Tarakanof !

— J'allais vous offrir pour cela mes bons offices. Je prendrai ses ordres demain et vous rendrai la réponse.

Cette entrevue entre Armand de Lacy et le comte

Madzinof, avait lieu le jour même où Ribas visitait le
P. Bonaventura.

Le comte de Lacy ne laissa pas ignorer à sa femme
ses conversations avec Madzinof. La comtesse, qui
avait vécu plus longtemps que son mari en Russie,
et qui, par conséquent, connaissait mieux la fausseté,
la perfidie moscovites, essaya de lui inspirer des doutes sur les confidences qui lui avaie t été faites.

Le voyant inébranlable dans ses convictions sur la
loyauté de Madzinof, elle l'engagea à le faire surveiller.

— Nous avons ici, dit-elle, deux hommes précieux
pour ce métier : Ryala et Fédor. Ils sont initiés à
toutes les pratiques des espions russes, et Madzinof
sera bien habile s'ils ne réussisse.t point à saisir les
vrais mobiles de sa conduite.

Armand de Lacy promit de leur communiquer
l'état de ses relations avec le Moscovite.

Au sortir de l'appartement de la comtesse, il se rendit chez les deux amis, mais ils étaient sortis depuis
le matin, et ils ne rentrèrent que le soir.

Bien qu'arrivés tout récemment à Rome, ils étaient
déjà au courant de la ville. Trois points, surtout, at-
tiraient leur attention : la demeure de la princesse
Tarakanof, celle de Madzinof, celle de Ribas et de ses
compagnons.

Ils savaient la visite du Napolitain au couvent de
Saint-François, et celle du comte de Lacy à Madzinof.

Les longues stations de Ribas à l'église des Capucins, et la ferveur apparente de sa prière leur avaient paru suspectes.

Ils avaient vu la princesse Tarakanof passer à côté de lui, entrer au confessionnal, puis le capitaine se rendre au parloir.

Ryala et Fédor flairèrent là-dessous immédiatement une sombre intrigue.

Rapprochant ce fait de la visite du comte de Lacy à Madzinof, ils conclurent, de cette coïncidence, un concert établi entre le Moscovite et le Napolitain.

En ce dernier point, nous le savons, ils se trompaient. Ribas et Madzinof, nous l'avons expliqué, non-seulement ne s'étaient pas entendus, mais ne s'étaient pas même vus.

De plus, Ryala et Fédor avaient remarqué que les quatre compagnons de Ribas les guettaient sans cesse, tout en feignant de ne hanter que les églises.

De cette observation, ils tirèrent pour conséquence que les quatre subordonnés du Napolitain avaient reçu un mot d'ordre à leur égard, et ils prirent la résolution de se défier.

Ryala et Fédor, à leur retour, entrèrent chez Armand de Lacy, et lui rendirent compte de ce qu'ils avaient vu.

Le Français devint pensif. Il savait par expérience la finesse de ces deux anciens serviteurs de Radziwil, leur habileté consommée à démasquer les intentions des Russes, et la conscience avec laquelle ils examinaient toutes choses. Toutefois, il ne put se résigner à douter de la sincérité de Madzinof : il n'y avait, à tout prendre, dans les appréciations qu'on lui soumettait, que des conjectures.

— Quoi qu'il en soit, Monsieur le comte, dit Fédor, vous ferez bien, je crois, d'après mon humble opinion, d'agir envers cet homme avec la plus grande circonspection. Une fois la princesse dans les mains des Moscovites, il ne serait pas facile de l'en arracher.

— Aussi, ne lui conseillerai-je jamais de s'y mettre qu'au jour où il lui sera donné les garanties les plus certaines, et où la flotte ou une armée dévouée la recevront comme leur souveraine.

Le lendemain, Armand de Lacy vit la princesse Tarakanof, et lui raconta en détail son entrevue nouvelle avec Mádzinof.

Élisabeth, habituée à déférer aux conseils du comte de Lacy, depuis le départ de Radziwil, accueillit volontiers la demande que lui faisait adresser Madzinof, et annonça qu'elle le recevrait le lendemain.

— Vous me l'amènerez, comte, dit-elle avec un charmant sourire, et je tâcherai qu'il ne sorte pas trop mécontent de ma maison.

— Vous avez le dón, Madame, de plaire à tout ce qui vous approche, répliqua Armand.

— Toujours flatteur ! fit Élisabeth. Quel bon courtisan vous seriez !

— Un jour, je l'espère, des voix nombreuses, celles des populations d'un vaste empire, confirmeront mes paroles.

— Rien au monde ne vaudra pour moi la paix dont je jouis ici, répliqua la princesse avec un accent mélancolique. A toutes les couronnes de la terre, je préférerai toujours ma paisible demeure de Rome. Mais, je ne m'appartiens pas ; si Dieu m'appelle à d'autres destinées, c'est qu'il s'agira de sa gloire, et il ne me restera plus qu'à obéir à ses volontés saintes.

Madame de Vigneulles, qui était présente, s'informa ensuite de sa fille qu'elle n'avait pas vue depuis deux jours. Élisabeth se plaignit également de l'absence prolongée de son amie.

— Si Marie ne peut venir ce soir, ajouta-t-elle, j'irai la trouver.

— Elle viendra, répondit le comte ; c'était d'ailleurs mon intention, car elle souffre, de son côté, d'être privée si longtemps de votre présence ; mais des visites nombreuses nous sont arrivées, et la comtesse a dû leur faire les honneurs de sa maison.

Madzinof fut fidèle au rendez-vous du jour suivant ; à l'heure fixée, il était à la porte du comte de Lacy avec son équipage.

Au bout d'un quart-d'heure, le gentilhomme français et le Moscovite arrivaient au palais de la princesse Tarakanof.

Madzinof la connaissait à peine et ne l'avait jamais vue de près. Il l'avait rencontrée plusieurs fois en voiture dans les rues de Rome, mais ne l'avait point approchée. Il savait seulement qu'elle était douée d'une rare beauté et d'un esprit charmant.

L'agent de Catherine, âgé de trente-six ans, était veuf depuis quelques années. Sa femme ne lui avait point laissé d'enfants.

Il était de taille élevée, mince, blond, élégant ; sa figure, au premier abord, inspirait de la sympathie, et sa conversation était agréable. Issu d'une vieille famille de boyards, son aïeul avait péri sous la hache de Pierre Ier, le bourreau couronné.

Son père, en faveur sous l'impératrice Élisabeth, lui avait laissé une fortune considérable. Mais le souvenir du passé vivait en lui. Connaissant la faveur mobile des cours, il avait mis à l'abri de la disgrâce la plus grande portion de son patrimoine, en achetant en Allemagne de vastes propriétés qui lui procuraient un revenu princier.

Il avait subi déjà plus d'un dégoût à la cour de Catherine, et la mission qu'il remplissait lui pesait parfois lourdement.

Depuis qu'on lui avait adjoint Ribas, en faisant de cet homme presque son égal, il nourrissait un mécontentement secret contre la tsarine et Alexis Orlof, l'âme damnée de Catherine.

Malgré son éducation purement moscovite, Madzinof n'était pas étranger à de nobles sentiments, et il ressentait autant d'estime pour le dévouement du comte de Lacy, que de profond mépris pour la lâcheté de Radziwil.

A vrai dire, il eut souhaité que la trame dont il était chargé de nouer les fils devînt la réalité, et nul n'eût acclamé de meilleur cœur la souveraineté d'Élisabeth. Mais il lui fallait obéir aux ordres de Catherine, sous peine de châtiment.

Armand de Lacy et son compagnon étant descendus de voiture, entrèrent chez la princesse qui les attendait.

Introduits dans la salle d'attente qui précédait le

salon, un valet ouvrit presque aussitôt la porte et annonça :

— M. le comte Madzinof et M. le comte de Lacy.

Élisabeth était debout, ayant à sa droite madame de Vigneulles.

Vêtue sans recherche, mais avec élégance, elle brillait de tout l'éclat de la jeunesse. La lumière éclairait en plein son noble visage, encadré d'une chevelure luxuriante. Une dignité souveraine s'épanouissait sur ses traits, et un aimable sourire errait sur ses lèvres.

Elle s'avança de deux pas au-devant des visiteurs, avec le port et la démarche d'une reine. Elle tendit la main au comte de Lacy, qui s'inclina profondément en y déposant un baiser.

Madzinof, ébloui par la beauté de la princesse, s'était arrêté, attendant que son compagnon le présentât.

Mais Élisabeth, coupant court à cette formalité, s'approcha du Moscovite et lui dit :

— Je suis heureuse, Monsieur le comte, de recevoir un compatriote aussi distingué. Soyez le bien-venu dans la demeure de l'exilée.

En même temps, elle lui offrit sa main, comme elle avait fait pour Armand de Lacy.

Madzinof la saisit en fléchissant le genou, et l'effleura de ses lèvres émus.

Après les premiers compliments, les visiteurs s'étant assis en face de la princesse, la conversation s'engagea peu à peu. Vague d'abord, elle ne tarda pas à s'animer. Le comte de Lacy essaya de l'amener sur les questions traitées par Madzinof les jours précé-

dents ; mais, à sa grande surprise, le Moscovite resta
sur le terrain des généralités, et se refusa obstinément à rien préciser.

Toutefois, on parla de la Russie, du gouvernement
de Catherine, de sa tyrannie, de son caractère perfide
et impitoyable.

Madzinof traça le tableau de l'oppression terrible
qui broyait l'empire, peignit en traits vifs l'ambition
effrénée de la tsarine, son astuce, les désordres de sa
vie, et surtout sa haine pour l'Église crtholique. Il
jugea sévèrement ce régime commencé par un crime,
et qui sacrifiait tout à l'orgueil et à la jouissance.

Et ce qu'il disait, il le sentait. Ses paroles ne mas-
quaient point sa pensée, mais l'exprimaient complètement.

Il en resta là, évitant de s'expliquer sur le plan
qu'il avait communiqué au comte de Lacy, et sur les
chances qui pouvaient s'offrir à Élisabeth de recouvrer
le trône de ses ancêtres.

Quand il se leva pour partir, la princesse lui témoigna le désir de le revoir, et il déclara que rien ne saurait lui être plus agréable.

Au moment où Armand de Lacy et le comte Madzinof regagnaient leur voiture, un autre équipage s'arrêtait devant le palais, et le Moscovite ne fut pas médiocrement étonné d'en voir descendre Ribas.

Ces deux hommes se mesurèrent un instant du regard, puis se saluèrent froidement, sans échanger une
parole.

Madzinof paraissait agité. Le comte de Lacy lui dit,
quand ils furent remontés en voiture ;

— Voici un de vos amis qui se présente à son tour chez la princesse. Il n'a pas besoin, paraît-il, d'introducteur.

Le moscovite se mordit les lèvres.

— Cet homme a résidé dans cette ville autrefois, murmura-t-il, et il y connaît encore, sans doute, quelques personnages...

— Ne saviez-vous pas qu'il fût en relation avec Élisabeth?

— Je l'ignorais, répondit laconiquement Madzinof. La vérité est que le Russe avait été déconcerté par la rencontre de Ribas. Nous l'avons dit : chacun de ces deux hommes, mû par la pensée de se passer de l'autre, avait agi séparément. Depuis leur arrivée à Rome, ils s'étaient vus à peine, et avaient évité de se communiquer leur plan. Ils s'étaient rencontrés fortuitement devant le palais de la princesse, et si Madzinof avait été mortifié de constater que le Napolitain était parvenu au même résultat que lui, sans intermédiaire apparent, ce dernier éprouvait quelque désappointement d'avoir été devancé.

Le comte Madzinof, ayant déposé Armand de Lacy dans la maison qu'il occupait, retourna chez lui, et se renferma dans son cabinet pour y réfléchir aux événements de la journée.

Un changement profond s'était fait dans les idées du Moscovite. La beauté, la grâce, l'innocence de la princesse, avaient produit sur son esprit et sur son cœur une impression ineffaçable. Il avait retrouvé dans la noble jeune fille les traits de l'impératrice Élisabeth dont les faveurs avaient enrichi sa famille.

De même que la plupart des Russes, il possédait un culte fanatique pour le rang impérial ; et, désormais, il ne pouvait plus douter de la filiation de la princesse.

Lui, qui n'était venu à Rome que pour en arracher Élisabeth et la livrer à Catherine, il se demandait s'il devait poursuivre une œuvre qui lui paraissait maintenant d'autant plus criminelle, que la victime était plus auguste et plus intéressante.

Et puis, quel profit tirerait-il de cette entreprise ? Ribas le supplantait, et l'audacieux aventurier s'arrogerait sans doute le mérite du succès.

D'autre part, un second sentiment se joignait en lui au respect à l'égard de la fille des tsars : il n'avait pu contempler Élisabeth sans l'aimer. Sauver une telle femme, s'associer à sa destinée, quelle qu'elle fût, cela ne valait-il pas toutes les faveurs de Catherine et toutes les richesses de l'univers ?

Voilà quelles idées naissaient dans l'âme de Madzinof. Bientôt elles l'absorbèrent, et il lui fut impossible de les chasser. Il formait mille desseins qu'il abandonnait tour à tour, sans pouvoir prendre une détermination.

Il y avait deux heures au moins qu'il était aux prises avec ses réflexions, quand un visiteur inattendu se présenta.

C'était Ribas.

Le Napolitain, rayonnant de satisfaction, entra insolemment dans le cabinet de Madzinof. Le comte le reçut d'un air glacial et l'invita du geste à s'asseoir.

L'aventurier ne se déconcerta pas, et prit le premier la parole.

— Monsieur le comte, commença-t-il, m'est avis que Son Excellence doit se féliciter du choix qu'elle a fait de deux hommes tels que nous.

— De quelle Excellence parlez-vous, signor? demanda froidement Madzinof.

— Mais, du comte Alexis Orlof; vous devez le deviner.

— Ah ! c'est juste, fit le Russe avec une indifférence apparente qui piqua au vif le capitaine.

— Eh bien ! reprit celui-ci, l'affaire est en bonne voie, ce me semble.

— Quelle affaire? s'enquit le comte, qui paraissait prendre à tâche d'exciter l'impatience de son interlocuteur.

— En vérité, s'écria Ribas, on dirait que vous avez juré de tout oublier, ou que vous refusez de comprendre ; pour vous, mon langage doit être clair comme le jour.

— Pas si clair, puisque je réclame des explications. Au fait, signor, vous êtes italien, tandis que je suis russe ; rien d'étonnant, par conséquent, à ce que nous nous entendions mal.

— D'habitude, vous étiez plus prompt à saisir ma pensée, fit le Napolitain avec un accent de dépit.

— C'est que vous vous exprimiez plus nettement, je le suppose.

— Soit : je vais vous parler de façon à ce que vous n'ayez plus besoin de commentaires.

— Je vous écoute.

— Je dirais que notre entreprise était parfaitement engagée, puisque nous avons, l'un et l'autre, un pied dans la place. Nous avons été admis tous les deux dans le palais de la princesse Tarakanof, et ce résultat est d'une haute importance. J'ai achevé ce que vous aviez commencé, et j'avouerai volontiers que vous m'aviez admirablement ouvert la voie.

— Vous croyez ?

— Assurément ; je vous rends cette justice.

— C'est bien heureux , répliqua Madzinof avec amertume.

— Ah ça ! M. le comte, me regarderiez-vous comme votre ennemi ?

— Moi ! pas le moins du monde.

— C'est que vous accueillez mes communications d'une si singulière façon.

— Vous êtes dans l'erreur, je les accueille comme il le faut.

— Cependant il est nécessaire que nous marchions d'accord.

— Vous vous en avisez un peu tard.

— Vous vous plaignez que je ne vous aie pas consulté avant de me rendre chez la princesse ?

— Je ne me plains de rien.

— Je pourrais articuler le même grief.

— A votre aise.

— Mais je n'en ferai rien ; vous avez agi pour le mieux, et moi de même. Je ne suis pas venu vous trouver pour échanger des récriminations, mais pour vous rendre compte de ma visite.

La fille des tsars.   9

— Je vois, signor, que vous ne manquez pas d'influence dans cette ville, puisque tous les palais vous sont ouverts.

— Pas tous, mais quelques-uns.

— Et vous y pénétrez sans introducteur, sans présentation.

— Un de mes anciens amis, avec qui j'ai renoué connaissance, m'a obtenu audience de la princesse.

— Et peut-on savoir quel est cet ami puissant, interrogea le comte qui, au fond, brûlait de savoir comment le Napolitain avait pu être reçu par Elisabeth.

— Mon Dieu, je n'ai pas à en faire mystère : je me suis souvenu d'un vieux religieux qui a ses entrées dans presque toutes les maisons de Rome, je l'ai vu, et il m'a fait admettre.

— Et vous êtes content de votre démarche ?

— J'en suis charmé : la princesse a conçu pour vous beaucoup d'estime et même de confiance. Vous sentez bien que je l'ai confirmée dans cette double opinion.

Madzinof, flatté de ce renseignement, oublia sa rancune envers Ribas, et n'eut plus qu'une seule pensée, celle de faire causer l'aventurier.

— Je suis enchanté, dit-il, de ce que vous m'apprenez là : je tâcherai de répondre aux sentiments qu'Elisabeth éprouve à mon égard. Ainsi ni mon langage ni ma personne ne lui ont déplu ?

Le Napolitain, l'homme le plus habile à surprendre le faible d'autrui, se hâta de satisfaire la vanité du moscovite.

— Bien au contraire, répliqua-t-il : la princesse a déclaré devant moi qu'elle avait rarement rencontré un personnage plus distingué, plus courtois et de meilleure société.

— Elle me surprit, vraiment, murmura Madziuof, qui ne put réprimer un sourire de complaisance.

— Ce n'est pas mon avis, comte, reprit l'aventurier : quiconque vous a fréquenté, fût-ce peu de temps, juge comme la princesse.

A ces mots, la figure du moscovite s'épanouit tout à fait, et le silence régna un instant entre les deux interlocuteurs, le temps pour Madzinof de savourer l'odeur que Ribas lui brûlait impudemment sous le nez.

— Vous vous êtes entretenu longtemps ave princesse ? s'enquit enfin le comte.

— Une heure, environ.

— Vous avez entamé la question.

—Je l'ai traitée à fond. Elisabeth est convaincue que la Russie est prête à se soulever contre Catherine ; que l'armée, la flotte, tout sera pour elle. Si nous menons la chose activement, dans huit jours la princesse sera en notre pouvoir.

Cette réponse ramena l'obscurité sur le front de Madzinof. Non-seulement il n'était pas décidé à livrer l'exilée, mais il songeait sérieusement à la sauver. Aussi répondit-il à l'aventurier :

— Ne brusquons rien, signor, je vous en prie ; souvent, lorsqu'on veut précipiter le dénouement d'une entreprise, on échoue misérablement.

— Nous n'avons aucun motif de temporiser.

— Ce n'est pas mon sentiment.

9.

— Sur quoi fondez-vous votre désir de pousser la réalisation de notre projet?

— Mais sur l'expérience. D'ailleurs Orlof nous a recommandé la prudence.

— Oui, mais non pas la maladresse.

— Est-ce à moi que vous adressez l'allusion ?

— J'émets une idée générale, et je prétends que, parfois, la précipitation est commandée par la prudence.

— Nous examinerons ce qu'il faut décider dans la circonstance.

Fort bien, comte, je suis à vos ordres. Toutefo s, avant de me retirer, permettez-moi d'attirer votre attention sur deux hommes qui peuvent nous entraver à l'heure décisive.

— Quels sont ils?

— Vous vous rappelez, sans doute, les deux passagers soi-disant allemands qui ont fait route avec nous depuis Livourne?

— Parfaitement.

— Or, ils ne sont point allemands, mais originaires de la Russie.

— Vous en êtes certain?

— Absolument. Un de mes hommes les a entendu parler la langue de leur pays qu'il comprend très-bien. De plus, il a appris qu'ils avaient été au service du prince Radziwil, et aujourd'hui, ils se sont mis à la disposition du comte de Lacy, afin de nous surveiler.

— Vos compagnons sont d'habiles gens, dit Madzinof.

— Très-habiles, et c'est pourquoi je les ai choisis. Maintenant, M. le comte, vous devez comprendre que ces deux Russes deviennent dangereux.

— Qu'y faire ?

— Il est un moyen bien simple de les écarter de notre chemin.

— Lequel ?

— Les supprimer.

— Encore une fois, signor, ne nous compromettons pas. D'ailleurs, vous ne l'ignorez pas, le comte Orlof nous a interdit toute effusion de sang.

— Il n'a parlé que de la princesse.

— Je connais ses intentions ; elles sont celles que je vous ai dites. Ainsi, abstenez-vous de moyens sanglants ; cherchez autre chose.

— Il suffit, comte, je chercherai.

Et, en prononçant ces mots, Ribas se leva. Le comte et le Napolitain se séparèrent avec la même froideur qu'au premier abord.

L'aventurier avait parfaitement compris que le moscovite voulait faire traîner en longueur l'affaire qui les avait amenés tous deux à Rome.

Le comte, effrayé de la rapidité avec laquelle Ribas opérait, craignait de n'être point en mesure de l'entraver à temps, car, cette fois, il était déterminé à préserver la liberté de la princesse.

XIII.

LA LUTTE.

La situation se compliquait d'une façon terrible. La princesse Tarakanof courait des dangers plus grand que jamais.

La double visite qu'elle avait reçu le même jour, celle de Madzinof et celle de Ribas, avaient réveillé ses espérances d'autre fois : la perspective du trône et l'espoir de faire triompher le catholicisme dans l'empire moscovite.

Le comte russe, se présentant sous les auspices d'Armand de Lacy, lui avait inspiré toute confiance, et bien qu'il ne se fût pas expliqué clairement sur ses projets, elle avait interprété ses paroles vagues dans le sens des communications faites auparavant par le gentilhomme français.

Ribas, venu à elle avec une lettre du P. Bonoventura, le saint vieillard qu'elle avait choisi pour diriger son âme, l'avait plus que confirmée dans la pensée que la route lui était ouverte à la couronne des tsars.

Le Napolitain, avec la faconde et l'audace qui le distinguaient, avait affirmé que le complot était mûr, et que toute la Russie, au premier signal, se ferait complice d'un soulèvement.

Elisabeth, convaincue, se déclara prête à obéir au vœu de la nation, et madame de Vigneulles l'encouragea dans cette résolution.

L'œuvre que voulait tenter Radziwil, se présentait actuellement dans des conditions bien différentes et mille fois plus favorables, pensaient les deux femmes; les Russes eux-mêmes s'offraient de la réaliser, et une flotte était, toute armée, dans les eaux de Livourne, pour commencer la révolution.

Il faut en convenir, il y avait là de quoi séduire une imagination moins ardente que celle de la princesse.

Le P. Bonaventura, qui attendait, pour lui parler de l'entreprise, qu'elle eût vu Ribas, la confirma pleinement dans sa détermination. Il lui dit qu'elle pouvait s'en reposer en toute sécurité sur le Napolitain, modèle d'honneur, de foi et de vertu.

Madzinof, Fédor et Ryala, par une étrange revirement du premier, étaient les seuls qui fussent à même de détromper Elisabeth. Le comte Madzinot, craignant que Ribas n'agît sans le prévenir, s'occupa de parer les coups que l'aventurier pourrait porter dans l'ombre.

Le jour qui suivit la double visite racontée au chapitre précédent, Madzinof alla trouver Armand de Lacy.

Il était sombre, triste, accablé; il se jeta en silence sur un sofa.

Le comte le regardait, ne sachant que penser; et comme il se taisait, Armand lui dit avec intérêt :

— Qu'avez-vous donc, cher comte ? Vous serait-il
arrivé malheur.

— Plût à Dieu qu'il s'agît de moi seulement, répliqua Madzinof d'une voix altérée, je suis venu pour
vous révéler des choses très-graves. Approchez-vous,
asseyez-vous à mon côté.

Le comte de Lacy, de plus en plus étonné, accéda
au désir du moscovite, qui reprit, après une pause :

— Vous allez concevoir de moi, probablement, une
détestable opinion ; vous me mépriserez quand j'aurai parlé ; mais, il n'importe, j'accomplirai l'acte de
justice que me dicte ma conscience.

— Sachez-le, M. le comte, dit Armand, je vous estime véritablement, et je puis affirmer d'avance que
vos communications, quelles qu'elles soient, ne dimi-
nueront en rien mes sentiments à votre égard.

- Ah ! vous ne soupçonnez guère ce que j'ai à vous
apprendre.

— Expliquez-vous en toute confiance.

— Eh bien, j'ai été le complice, et j'ai failli devenir
l'instrument d'une atroce machination dirigée contre
la princesse Tarakanof.

— N'êtes-vous pas devenu son ami ? demanda le
comte de Lacy, croyant que Madzinof faisait allusion
au départ de Radziwil.

— Oui, je veux la sauver, déclara le Russe avec
effort.

— Quel péril court elle ?

— Les plus grands de tous : on médite de l'enlever
pour la livrer à Catherine.

— De quel part ?

— J'ai reçu la mission, de concert avec les hommes qui m'ont accompagné, de tramer ce crime.

— Ainsi, ce projet de l'élever au trône.....

— N'est qu'un jeu destiné à la tromper et à la faire tomber dans le piége. Ce n'est point à l'empire, mais à la captivité que nous l'eussions conduite.

Armand de Lacy écoutait avec stupéfaction cette confidence. Il se demandait si Madzinof était bien en possession de toutes ses facultés ou s'il ne jouait pas une comédie dont le sens lui échappait. Mais en examinant plus attentivement le moscovite, il le vit si abattu que tout doute s'effaça de son esprit.

— Monsieur le comte, lui dit-il avec bienveillance, l'aveu pénible que vous me faites proclame que vous êtes un honnête homme, et j'honore votre courage plus que je ne saurais l'exprimer.

A ces mots, Madzinof fixa un long regard sur Armand de Lacy; et, lui tendant tout à coup la main, il s'écria :

— Merci, monsieur, de ces nobles paroles: elles me réhabilitent en face de moi-même. Croyez-vous que la princesse me pardonne?

— Oui, certainement: son cœur est l'indulgence même.

C'est en la voyant que j'ai formé la résolution de la sauver. Son caractère si élevé, sa jeunesse, sa beauté m'ont touché.

— Il suffira de la prévenir et de faire bonne garde autour d'elle pour la préserver du guet-apens qu'on lui prépare.

— Je le pense, mais il ne faut point tarder : l'homme qui devait avec moi ourdir la trame, est aussi actif qu'audacieux. Déjà il a vu la princesse, comme vous le savez, et il s'est emparé de son esprit, je le crains.

Il sera facile de détruire son ouvrage, et je m'en charge ; mais vous, comte, que ferez-vous ?

— J'attendrai.

— Vous ne comptez pas retourner en Russie ?

— Ce serait courir au-devant de la proscription, car on apprendra bientôt mon inaction.

— L'acte généreux que vous accomplissez vous coûtera donc votre patrie, votre position, vos biens !

— Que m'importe la patrie et les dignités qu'elle peut m'offrir, s'il faut les acheter au prix du crime ? Quant à mes biens, une partie est située en Allemane, hors de la portée de Catherine.

— Vous retrouverez des amis qui vous dédommageront du sacrifice ; mon affection vous est acquise avec ma haute estime.

— Merci, encore une fois, cher comte, puisse la princesse apprécier ma conduite comme vous le faites !

— Je me porte garant pour elle.

Il fut convenu ensuite entre les deux gentilshommes que le comte de Lacy communiquerait à la princesse tout ce qu'il venait d'apprendre et arrêterait avec elle les précautions que la prudence commandait.

Enfin, avant que Madzinof ne se retirât, Armand de Lacy le mit en rapports avec Ryala et Fédor, qui témoignèrent d'abord quelque défiance, mais ne tardèrent point à se rendre aux preuves que le comte russe leur donna de sa bonne foi.

Ainsi tout concourait à la sécurité d'Elisabeth : un de ses principaux ennemis, l'agent moscovite qui avait séduit Radziwil, était pour elle ; il avait révélé le plan au moyen duquel on espérait la tirer de Rome et la remettre aux mains de Catherine.

Ribas, seul désormais avec ses quatre subordonnés, devait être enrayé à chaque instant dans sa marche.

Mais ni le comte de Lacy, ni Madzinof ne connaissaient la force du Napolitain. Cet homme, doué d'un génie infernale, devinait d'instinct ce qui échappait à son regard pénétrant. Il avait quitté le gentilhomme moscovite avec la conviction que ce dernier hésitait à exécuter les ordres d'Orlof.

Le lendemain, ayant su qu'il était allé chez le comte de Lacy, il en conclut que Madzinof s'occupait de protéger la princesse.

Ne voulant pas perdre de temps, il se rendit sur-le-champ à la demeure de Madzinof ; et là, sans préambule, il l'accusa brutalement de trahir son mandat.

— Vous voulez soustraire la princesse au sort qui l'attend, dit-il, je le sais, et toutes vos dénégations seront inutiles: je suis venu vous avertir que j'allais informer le comte Orlof de votre conduite.

Madzinof balbutia et tenta de se justifier; mais le Napolitain, l'interrompant, reprit :

— Si vous n'êtes pas coupable, venez immédiatement avec moi chez la princesse, et confirmez énergiquement les promesses que je lui ferai.

— Elle ne nous recevra pas, dit Madzinof.

— Elle nous recevra, je l'affirme. Etes-vous décidé

Le comte, embarrassé, voulut résister.

— De quel droit, dit-il, m'imposez-vous vos volontés.

— Du droit que me confèrent vos allures équivoques et le soin des intérêts de la tsarine, à qui, vous et moi, avons juré fidélité et obéissance.

Et comme Madzinof ne répondait pas, Ribas ajouta :

— Consentez-vous, oui ou non, à ce que je propose.

— Je refuse.

— C'est votre dernier mot ?

— Oui, mon dernier mot

— Avez-vous bien réfléchi aux conséquences ?

— Signor, dit le comte indigné, il me déplaît d'être interrogé par vous, et je vous prie de quitter à l'instant ma demeure.

— Ah ! vous me chassez, parce que je vous rappelle à votre devoir ! s'écria Ribas, pâle de fureur, en se rapprochant de Madzinof.

Je suis maître chez moi et ne souffrirai jamais d'y être insulté par vous, Quant à mon devoir, j'exécute comme je crois devoir le faire les instructions que j'ai reçues.

— Vous en avez menti ! déclara le Napolitain. Les traits du comte se contractèrent à cette provocation.

— Voilà des paroles, dit-il, qui exigent une satisfaction.

— Je suis prêt à vous la donner, mais sur-le-champ.

— Avez-vous des témoins ?

— J'en trouverai avant une heure. Choisissez les vôtres: vous êtes l'offensé, désignez les armes.

— L'épée.

— En quel lieu le combat ?

— Près de l'église de Saint-Paul, hors des murs. Là, personne ne nous dérangera.

— J'y serai dans une heure.

Et Ribas s'éloigna pour se préparer au duel qu'il venait de provoquer.

Au moment où il entrait chez Madzinof, il avait vu arriver Fédor et Ryala, et il se doutait que les deux Russes avaient attendu. Voilà pourquoi il s'était montré si promptement agressif ; il espérait que le comte les prendrait pour témoins: car il avait des motifs particuliers de désirer la présence de ces deux hommes sur le terrain.

Le Napolitain rentra chez lui en toute hâte. Ayant appelé son ancien lieutenant, il lui ordonna de préparer deux épées, de les envelopper soigneusement, et de prévenir un de ses camarades.

Au bout de deux minutes, Maronelli et l'un de ses trois compagnons rejoignaient ibas avec les épées.

Alors le capitaine leur apprit de quoi il s'agissait, leur faisant entendre seulement que le comte refusait de poursuivre la conspiration organisée contre Catherine.

— Je tuerai Madzinof, ajouta-t-il, car il est impossible qu'il soit de ma force ; maintenant retenez bien ce que je vais vous dire.

— Parlez, firent les deux hommes.

— Le comte aura pour témoins, vraisemblablement,

les deux étrangers qui ont fait route avec nous de Livourne à Civita-Vecchia, sur le *Saint-Vladimir*

— Après? fit Maronelli.

— Or, il ne faut pas qu'ils puissent révéler la mort de Madzinof.....

— Continuez, signor.

— Donc, aussitôt que la comte sera tombé, vous vous jetterez sur ces deux hommes. Vous avez vos poignards?

— Nous les portons toujours.

— Vous frapperez rapidement ces hommes, et au bon endroit.

— Soyez tranquille, signor : nous serions devenus bien maladroits si un seul coup ne suffisait pas pour chacun d'eux.

— Encore un mot : l'endroit où nous allons nous battre est complétement solitaire; c'est un petit espace de terrain formé d'un côté par un mur en ruines, et entourés d'autre part de broussailles ; près du mur se trouve une citerne à demi comblée.

L'affaire terminée, nous précipiterons les cadavres dans ce trou, et nous ferons disparaître toutes traces de la lutte. Il importe au dernier point que personne ne devine comment ces hommes auront disparu ; vous m'avez compris l'un et l'autre ?

— Parfaitement, répondirent ensemble Maronelli et son camarade.

Ribas ne s'était pas trompé : le comte Madzinof avait pris pour témoin Ryala et Fédor. Ils arrivèrent près de l'église en même temps que le Napolitain; celui-ci conduisit son adversaire sur le terrain qu'il avait décrit à ses subordonnés.

La solitude était profonde, pas une âme aux environs. Le lieu était propice pour se couper la gorge sans être dérangé.

Le Napolitain demanda au comte s'il avait apporté des épées; sur sa réponse affirmative, il fit déposer les siennes au pied de la muraille en ruine, et choisit une de celles que Madzinof lui présenta.

Les témoins prirent la place que l'usage leur assignait; les deux adversaires se dépouillèrent de leur habit et parurent en face l'un de l'autre.

Au signal donné par les témoins, ils tombèrent en garde.

Les témoins de Ribas, tout en prêtant une extrême attention à la scène qui commençait, mirent avec précaution la main sur leur poignard, caché sous leur vêtement.

Au second signal, les deux adversaires croisèrent le fer.

A la deuxième passe, Ribas traversa d'outre en outre la poitrine de Madzinof, qui tomba sans même pousser un cri.

Le cœur avait été atteint, et la mort foudroyante.

Un prompt coup d'œil avait appris aux témoins du Napolitain le résultat du coup d'épée de leur chef.

Fédor et Ryala coururent au comte, pour le secourir s'il vivait encore.

Mais au moment où ils se baissaient sur le cadavre, Maronelli et son camarade bondirent sur eux, et les percèrent d'un coup de poignard en moins de temps qu'il en faut pour le raconter.

Les deux Russes tombèrent à côté de Madzinof, atteints mortellement l'un et l'autre.

Alors, sans s'inquiéter de voir si leurs victimes respiraient encore, Maronelli et son complice s'emparèrent des corps sanglants et les jetèrent dans la citerne. Le cadavre de Madzinof reçut le dernier cette triste sépulture.

Cela fait, ils recouvrirent de pierres les trois moscovites ; et, au bout de quelques instants, tout vestige de la lutte avait disparu.

Ribas et ses complices rentrèrent dans Rome un peu avant la nuit.

De retour chez lui, il se hâta d'écrire à Orlof, non pour lui raconter par lettre ce qu'il venait de faire, il était trop prudent pour livrer au hasard d'un voyage dans un pays infesté de brigands un récit de meurtre, mais pour lui recommander le porteur de la dépêche et d'accueillir ce qu'il lui dirait comme l'expression de la plus exacte vérité.

Le billet achevé, il appela Maronelli.

— Tu vas partir sur le-champ pour Livourne, lui dit-il.

— Tu remettras cette lettre au comte Orlof ; elle t'accrédite auprès de lui comme ayant toute ma confiance.

— Je crois la mériter, fit l'aventurier.

— J'en conviens. Le comte t'interrogera, tu lui expliqueras que Madzinof trahissait, qu'il compromettait la princesse Tarakanof, que j'ai dû le provoquer en duel, le tuer et faire disparaître son cadavre.

Maintenant, je vais répandre le bruit qu'il a été mandé subitement à Pétersbourg : à la princesse et au comte de Lacy, je dirai que, se voyant dans l'impossibilité, grâce à ma vigilance, d'empêcher la réalisation de nos projets, il a quitté Rome pour les aller dénoncer à la tsarine. J'ajouterai que je t'ai lancé sur ses traces, afin de l'arrêter en route, s'il se pouvait

Le lecteur n'a pas oublié, sans doute, que Ribas s'était abstenu de révéler le dernier mot de la trame ourdie à ses quatre subordonnés. Ils étaient convaincus qu'il s'agissait sérieusement d'une conspiration contre Catherine. Voilà pourquoi le Napolitain, dans les recommandations qu'il fit à Maronelli, s'exprima dans les termes que nous venons de rapporter. Alexis Orlof devait comprendre à demi-mot.

Maronelli partit le soir même, à cheval, et armé jusqu'aux dents.

Quand il se fût éloigné, Ribas appela celui de ses hommes qui avait assisté au duel. C'était l'aîné des trois jeunes bandits qu'il avait autrefois sauvés de la corde, et qui lui avait voué un attachement fanatique.

Il lui expliqua, comme il l'avait fait à Maronelli, les causes de la mort de Madzinof; car, avant le duel, il s'était contenté de dire que le comte refusait de s'associer davantage au complot. Puis il ajouta :

— Antonio, tu vas te rendre à la maison du comte Madzinof. Il n'y a que trois valets...

— Oui, signor, et je suis très-lié avec eux.

— Eh bien, tu leur annonceras que leur maître a
dû partir précipitamment pour Livourne, d'où il pren-
dra la route de Pétersbourg, afin d'obéir aux ordres
de la tsarine, qui l'a mandé en toute hâte. En outre,
tu leur diras de ma part que tu es chargé par le comte
de veiller sur sa maison et même de t'y installer.

— C'est entendu, signor.

Et Antonio se retira, pour exécuter les ordres de
son chef.

Ribas donna les mêmes explications aux deux autres
frères, au sujet de la mort de Ma'zinof et de ceux
qu'il nommait les complices du comte, leur recomman-
dant une discrétion absolue, même envers le comte
de Lacy.

— Si l'on vous interroge, ajouta-t-il, vous vous
bornerez à répondre que Madzinof a été mandé subitement à Pétersbourg, et qu'il est parti avec le
courrier qu'on lui avait expédié.

Le lendemain, Ribas se présentait chez le comte de
Lacy.

Admis aussitôt en la présence du gentilhomme
français, il aborda brusquement la question qu'il voulait traiter, et lui dit :

— J'ai une grave communication à vous faire, M. le
comte ; elle concerne une affaire à laquelle nous nous
intéressons tous.

— De quoi s'agit-il ? demanda froidement Armand
de Lacy, qui regardait maintenant le Napolitain comme
un fourbe.

— Il s'agit de notre entreprise en faveur de la princesse Tarakanof.

— Nous avons renoncé, monsieur, à poursuivre ce projet qui n'a aucune chance de succès.

— Vos idées ont bien changé depuis quelques jours, monsieur le comte.

— J'ai mes motifs pour cela, répondit sèchement le Français.

— Serait-ce indiscrétion de ma part, que de demander à les connaître?

Le comte, irrité de l'impudence audacieuse de Ribas, s'écria :

— Tenez, monsieur, je n'ai plus besoin de dissimuler mes sentiments; mais, je le dirai hautement :

Vous et vos pareils essayez de tendre à la princesse un piége infâme.

— Nous, monsieur le comte ! fit le Napolitain, en jouant l'étonnement et l'indignation; nous, les serviteurs les plus dévoués de l'auguste fille des tsars, vous nous accusez de vouloir la perdre quand nous sacrifierions notre vie pour lui rendre le trône ! En vérité, nous sommes victimes de la plus odieuse calomnie. Je le vois, le comte Madzinof a merveilleusement réussi à vous tromper.

— Le comte Madzinof est un homme honorable, reprit avec force Armand de Lacy; la preuve, c'est qu'il refuse de pactiser avec le crime.

— Vous avez raison, M. le comte, reprit l'aventurier avec un sourire sardonique, vous avez raison de mettre toute votre confiance en M. Madzinof; il est précisément en train, à cette heure, de justifier tout le bien que vous pensez de lui. Savez-vous où il est ?

— A Rome, je pense.

— Non, il en est parti hier, dans la soirée.

— Lui, parti ! répéta le comte stupéfait.

— C'est comme j'ai l'honneur de vous le dire.

— Mais, où va-t-il ?

— A Pétersbourg.

— Et dans quel but ?

— Comment ! vous ne le devinez pas ?

— Non, je l'avoue.

— Catherine avait là, convenez-en, un émissaire bien habile, car, vous ne pouvez le nier, il nous a joués tous : le comte Orlof, la princesse, vous et moi.

— Dans quel but, a-t-il quitté Rome, pour regagner la Russie ?

— Pour y dénoncer le complot, et non pour autre chose.

Armand de Lacy, bouleversé par cette nouvelle, saisit sa tête dans ses mains, et la pressa avec force comme pour en faire jaillir la lumière sur les faits étranges qu'il apprenait.

Ribas, charmé de l'impression qu'il avait produite, ajouta :

— Vous avez été la dupe d'une intrigue infâme, dont M. Madzinof n'était pas l'unique acteur.

— Que voulez-vous dire, signor ? s'écria le comte en se redressant, le visage empourpré de colère.

— Rien autre chose que ce que je dis. Quand vous me connaîtrez mieux, vous comprendrez que je n'avance jamais aucune accusation à la légère. Je le répète donc, l'agent moscovite avait des complices jusque dans votre intimité.

— Ah! pour cette fois, répliqua le gentilhomme d'une voix sourde, vos inculpations sont fausses.

Ribas sourit encore d'une voix ironique.

— Où, sont, demanda-t-il avec calme, les deux Russes que vous logiez dans votre maison?

— Fédor et Ryala?

— Oui. Que sont-ils devenus?

— Mais... ils n'ont pas quitté la ville, que je sache.

— Vous êtes dans l'erreur encore, M. le comte : ils sont partis hier, avec Madzinof.

Armand de Lacy, hors de lui, tira vivement le cordon d'une sonnette, qui était sous sa main, et un valet parut immédiatement.

— Appelle MM. Fédor et Ryala, ordonna-t-il. Le valet se retira pour exécuter les ordres de son maître.

Il revint bientôt, et dit :

— MM. Fédor et Ryala sont absents depuis hier.

Le comte de Lacy était confondu. Il fit signe au valet de sortir.

Après une pause, Ribas lui dit :

— Vous le voyez, M. le comte, les policiers moscovites sont habiles. Vous avez eu tort de vous fier à des hommes dévoués corps et âme au prince Radziwil, qui a trahi la noble fille des tsars. Non seulement le palatin a vendu son honneur, mais il trafique encore de ses serviteurs. Ces misérables étaient simplement des espions de Radzinof.

— Il y a de quoi devenir fou ! murmura Armand de

Lacy, qui ne se débattait déjà plus au milieu de la trame odieuse qui se nouait autour de lui.

Le Napolitain, sûr désormais du succès de son jeu, regardait avec une joie cruelle qu'il avait grand'peine à dissimuler, l'accablement de son interlocuteur.

Toutefois, il jugea qu'il était temps d'aborder une autre face de la question.

— Plus les circonstances sont graves, dit-il, plus il faut, selon moi, montrer de résolution. Informé, à la nuit, du départ du comte Madzinof, qui s'est éloigné en faisant courir le bruit que Catherine le mandait brusquement à Pétersbourg, j'ai dépêché immédiatement un courrier au comte Alexis Orlof.

J'ai choisi, pour cette mission, le plus intelligent de mes subordonnés, Maronelli.

Orlof est un homme de ressources. Il a des émissaires disséminés sur toutes les routes de l'Italie, et j'espère qu'il réussira à faire arrêter Madzinof avant que ce dernier n'ait franchi les frontières de la Péninsule, car il a dû prendre la voie de terre, les vaisseaux de l'amiral Greig croisant dans la Méditerranée.

Il se peut donc que rien ne soit perdu encore.

Armand de Lacy ne répondit pas.

Ribas, qui voulait savoir si la princesse avait été prévenue contre lui, reprit:

— Si Alexis Orlof parvient à mettre la main sur Madzinof et sur ses deux complices, il nous faudra hâter l'exécution de nos projets, car j'imagine que vous ne voudrez point briser l'avenir de la princesse au moment même où il s'ouvre splendide, et presque assuré.

— J'y réfléchirai, répliqua le comte.

— Est-ce que la princesse aurait changé de dispositions ? insista le Napolitain.

— Je n'ai pas dit cela.

— Sans doute Madzinof aura jeté des soupçons dans son esprit?

— Ni lui , ni moi, ni personne n'avons cherché, jusqu'ici, à détruire les espérances qu'elle a conçues.

— Fort bien. En ce cas, nous attendrons, si vous le permettez, que nous ayons reçu des nouvelles du comte Orlof.

— J'allais vous le proposer.

— D'ici là, nous nous concerterons pour agir promptement, si les circonstances nous favorisent. Il ne faut pas que nous soyons exposés à une trahison semblable à celle de Madzinof. Les entreprises telles que la nôtre, qui ont besoin d'un secret profond, avortent fatalement, fussent-elles les mieux combinées, quand elles traînent trop longtemps.

De plus, il est indispensable que nous ayons foi les uns dans les autres. Madzinof et ses complices écartés, nous sommes tous catholiques, et notre plus ardent désir, doit être le triomphe de notre Eglise.

Le comte Orlof, destiné à porter les premiers coups à la tyrannie de Catherine, est un ambitieux, c'est vrai; il a commis des forfaits atroces, je ne le nierai pas davantage ; mais lui aussi est décidé à détruire l'édifice qu'il a tant contribué à élever. Son frère, un des principaux auteurs de la révolution sanglante qui donna le trône à Catherine , vient de mourir fou et disgracié. Alexis, frappé de cette fin déplorable, en

redoute une pareille pour lui-même. Tout cela, joint
au remords d'avoir versé le sang impérial, lui fait
souhaiter de réparer, autant que possible, les maux
qu'il a causés ; et il ne voit pas d'autre moyen que de
renverser la femme impie qui opprime la Russie, et
de lui substituer l'héritière légitime des tsars, la princesse Elisabeth.

J'ajouterai qu'Alexis Orlof n'a aucun préjugé contre
la religion catholique. Au contraire, ce qu'il a vu dans
ses voyages, en Italie spécialement, lui a inspiré une
haute estime pour notre culte : donc, nulle opposition
de sa part, si la cause d'Elisabeth triomphe, à la réconciliation des deux Eglises.

Ces idées, si nettement exprimées, achevèrent
d'effacer chez le comte de Lacy jusqu'à l'ombre du
doute. Ribas s'exprimait avec une telle apparence de
conviction, ses raisons s'enchaînaient si logiquement, et
les faits, expliqués par lui, paraissaient si vraisembla-
bles, qu'Armand crut naïvement à tout ce qu'il voulait.

Le gentilhomme français, quoique doué d'une intelligence éclairée, ne possédait point la finesse du diplomate. Comment, d'ailleurs, n'aurait-il pas été la dupe
des ruses infernales de Ribas?

Le Napolitain, au sortir de la maison du comte, se
rendit au couvent de Saint-François.

Là, il raconta au P. Bonaventura la même histoire
au sujet de la disparition de Madzinof. Il pria le vénérable religieux d'informer avec ménagements la
princesse de ce contre-temps, tout en l'assurant que
des mesures énergiques étaient prises pour sauvegarder son avenir.

XIV

ALEXIS ORLOF.

Quinze jours s'écoulèrent avant le retour de Maronelli, envoyé à Livourne pour prendre les ordres
d'Alexis Orlof.

Le comte de Lacy, qui croyait fermement au récit de
Ribas, concernant la fuite de Madzinof, de Ryala et de
Fédor, s'inquiétait de ce long retard.

Enfin, Maronelli arriva, et le Napolitain s'empressa
d'avertir Armand de Lacy.

— Je vous apporte d'excellentes nouvelles, dit-il :
le comte Orlof a fait arrêter Madzinof et ses complices ; tous les trois, actuellement, sont détenus à bord
de la flotte, mouillée dans la rade de Livourne.

Tout s'apprête pour le dénouement de notre œuvre.
L'amiral Greig, qui commande les navires russes, est
gagné ; dans peu de temps, officiers et soldats de la
flotte se déclareront. Il faut que la princesse se tienne
prête.

Je suis chargé de lui exposer les dernières mesures
à prendre et de les lui faire accepter. Priez-la de me
recevoir avec vous, aujourd'hui, et j'expliquerai devant elle la pensée du comte Orlof.

La fille des tsars.   10

Armand de Lacy promit d'obtenir l'audience demandée.

Vers le soir, il était chez Ribas, et l'emmenait au palais d'Élisabeth.

Le Napolitain avait eu le temps, depuis sa visite au comte de Lacy, de voir le P. Bonaventura. Il avait eu un long entretien avec le vieux capucin ; il lui avait parlé surtout d'Alexis Orlof, dont il avait vanté le repentir, le puissant caractère, et les excellentes dispositions à l'égard de l'Église catholique.

Le P. Bonaventura avait exprimé le désir de connaître personnellement le comte moscovite.

— Vous le verrez prochainement, mon Père, répondit Ribas, et vous l'apprécierez, j'en suis sûr. Il n'attend qu'un signe de la princesse pour accourir à Rome. Il dépend donc de vous de l'y faire appeler, puisque Élisabeth obéit aveuglément à vos conseils, toujours marqués au coin de la sagesse.

— Comptez sur moi, mon fils, déclara le vieillard : le comte sera mandé.

Ribas se présenta au palais de la princesse, fort de cette assurance, et en compagnie du comte de Lacy.

L'aventurier, habile à jouer tous les rôles, s'avança vers la princesse avec une attitude plus respectueuse que jamais.

— Madame, lui dit-il, j'ai reçu l'ordre du comte Orlo: de vous traiter en souveraine, car, à ses yeux, vous êtes l'unique héritière de l'empire des tsars ; et il est convenu que, dans peu de mois, vous aurez ceint leur couronne.

— Les affaires sont-elles donc déjà si avancées? demanda Élisabeth.

— Des traîtres, vous le savez maintenant, Madame, ont failli tout compromettre; mais, aujourd'hui, ils sont dans l'impuissance de nuire, et le comte Alexis ne veut plus laisser échapper l'occasion. Si vous l'ordonnez, il sera ici dans quelques jours, et il ne tiendra qu'à vous de hâter la crise qui doit précipiter du trône l'infâme Catherine.

— Faites donc savoir au comte que je l'attends, répliqua la princesse.

— Vous serez obéie, Madame. Mais, auparavant, souffrez que je m'informe, au nom de celui que vous mandez et qui souhaite ardemment de vous placer la couronne sur la tête, du rang que vous lui destinez dans l'empire. Ce n'est point par ambition, croyez-le, qu'il réclame d'être renseigné à cet égard, non : le remords du passé a éteint dans son âme la soif des grandeurs humaines, et s'il aspire à paraître encore avec éclat sur la scène, c'est qu'il se croit obligé de réparer le mal qu'il a fait en élevant Catherine au pouvoir.

Or, pour que son action soit puissante, décisive, il importe qu'il se présente aux Russes avec autorité, et comme investi d'une part de votre prérogative souveraine. En un mot, Madame, il faut que vous l'éleviez, pour ainsi dire, jusqu'à vous, afin que le succès ne balance pas une minute.

— Expliquez-vous clairement, Monsieur, invita la princesse émue et comprenant à moitié les propositions que Ribas lui transmettait. Comment puis-je faire ce que vous dites là?

— Le comte Orlof est libre, Madame, et vous l'êtes aussi...

— Vous me demandez là un acte bien grave, répondit Élisabeth, dont le front avait pâli.

Ribas garda le silence. Il ne lui convenait pas, pour le moment, d'insister davantage. Il savait que le P. Bonaventura achèverait ce qu'il venait de commencer.

La princesse songeait au passé d'Orlof, à ses crimes, au sang qu'il avait versé ; et la perspective d'être l'épouse de cet homms l'épouvantait.

Le comte de Lacy n'était pas moins troublé. Pourtant, en y réfléchissant, il se dit que si Orlof convoitait la main de la princesse, c'était une preuve de plus de sa sincérité. Sa conversation du matin avec Ribas au sujet du comte l'avait presque réconcilié avec ce redoutable personnage. Alexis Orlof, initié comme il l'était aux intrigues de la cour moscovite, influent auprès de la flotte et de l'armée, pouvait, mieux que personne, assurer la couronne sur la tête d'Élisabeth, devenue son épouse.

Il n'éleva donc aucune objection.

Quant à madame de Vigneulles, elle avait fait à peu près les mêmes réflexions que le comte de Lacy.

La princesse, voyant que tout le monde se taisait, déclara qu'elle consulterait ses amis, qu'elle se consulterait elle-même touchant la dernière question.

— Quoi que je doive décider, ajouta-t-elle, faites savoir au comte Orlof que je le verrai avec plaisir.

— Dans huit jours, Madame, il sera à vos pieds répondit Ribas.

Le Napolitain et le comte de Lacy se retirèrent ensemble.

Ribas annonça au gentilhomme français qu'il allait, le soir même, expédier Maronelli à Livourne, pour presser le voyage d'Orlof.

Dans l'intervalle qui s'écoula, le P. Bonaventura, Ribas, et même le comte de Lacy, agissant de concert, triomphaient en partie des répugnances de la princesse.

Enfin, le septième jour après l'entretien que nous venons de raconter, un équipage princier s'arrêta devant le palais de la fille des tsars. Un homme de haute taille, dans la force de l'âge, d'une beauté sculpturale en descendit.

C''était le comte Alexis Orlof, le plus beau des Russes.

La richesse de son costume rehaussait encore son grand air; et, quand on l'eût annoncé, il parut dans l'encadrement de la porte avec une dignité royale.

A la vue de cet homme si célèbre et de si sanglante renommé·, Élisabeth, debout, resta clouée à sa place par une émotion inexprimable.

Madame de Vigneulles était seule avec elle.

Orlof s'avança lentement, avec une sorte d'hésitation, exprimant à la fois le respect et la timidité. Son regard si séduisant était baissé; un nuage de tristesse ombrageait son front, et le plissement de ses lèvres dénotait la mélancolie de l'âme.

·Arrivé près de la princesse, il fléchit le genou, et, la main droite sur son cœur, il murmura d'une voix altérée :

— Vous voyez à vos pieds, Madame, le plus humble de vos sujets. De vos lèvres augustes, j'attends une parole qui fixera le sort de notre malheureuse patrie...; et..., j'oserai le dire... le mien aussi.

— Relevez-vous, comte, répliqua Élisabeth : je suis heureuse de vous voir et j'ai confiance en vous.

En même temps elle lui tendit la main.

Orlof saisit cette main qui tremblait, la baisa avec ferveur, et la mouilla de quelques larmes.

Le Moscovite était un comédien consommé. Il se releva, et la princesse le fit asseoir.

Alors, avec une rare éloquence, il peignit les maux de la Russie, sous le règne de Catherine, la tyrannie de cette femme, et l'attente du peuple qui appelait de ses vœux un autre règne.

Il conclut en déclarant que tout était prêt à Livourne, et que, lui même, était aux ordres de la princesse.

Il ajouta :

— On a sollicité pour moi une faveur, Madame, qui serait pour votre cause le gage le plus assuré du succès, et pour moi le comble des félicités ; mais, mon indignité sera peut-être un obstacle insurmontable.....

Élisabeth, subjuguée par cet homme, fascinée par sa parole, répondit :

— Vous méritez par votre dévouement une reconnaissance sans bornes. Si ma main peut acquitter ma dette, elle est à vous.

A ces mots, Orlof, feignant des transports qu'il n'éprouvait pas, se jeta de nouveau aux pieds d'Élisabeth, protestant que sa vie tout entière répondrait à la grâce qu'elle lui accordait.

Au moment de prendre congé de la princesse, le comte exprima le désir de hâter l'union promise, dans l'intérêt de la conspiration dont il était l'âme.

— Je sens comme vous, comte, la nécessité de ne point perdre de temps, répondit Élisabeth ; mais il y a une difficulté que je désirerais vivement voir disparaître.

, — Laquelle, Madame ?

— Je suis catholique, et vous appartenez à l'Église grecque séparée.

— S'il n'y a pas d'autre obstacle, reprit Orlof sans hésiter, il sera promptement levé. La foi que l'odieuse Catherine persécute doit être la foi véritable. D'ailleurs, Madame, vous êtes ma souveraine, vous êtes la femme la plus noble et la plus vertueuse que je connaisse; je ne puis donc mieux faire que de vous imiter et d'embrasser votre culte.

Indiquez-moi un saint prêtre, à qui je puisse m'adresser pour ma réconciliation avec l'Églis catholique.

Élisabeth nomma le P. Bonaventura, et Orlof déclara qu'il le verrait dès le jour suivant.

Cetre première entrevue d'Alexis avec la princesse Tarakanof n'avait point été défavorable au comte, loin de là : il n'avait en somme rencontré aucune résistance, et il était maître de la destinée de cette noble jeune fille, issue du sang des tsars.

Quelle impression Élisabeth avait-elle produit sur lui ? La confiance de la princesse l'avait-elle ému ?

Sa beauté naïve et touchante l'avait-elle transformé subitement, comme naguère le comte Madzinof? C'eût été difficile de le dire à la simple inspection du visage d'Orlof. Il quitta le palais le front serein, l'œil calme, sans aucune émotion apparente.

De là, il se fit conduire à la maison de Madzinof, où il était descendu.

Un peu plus tard, il visita le comte de Lacy, en compagnie de Ribas. Il parla avec enthousiasme de la princesse Élisabeth, déclarant qu'elle était bien au-dessus du tableau qu'on lui en avait fait.

Le lendemain, Orlof se transporta au couvent de Saint-François, où il s'entretint longuement avec le P. Bonaventura. Il séduisit le vénérable religieux par un air de franchise, l'expression de son repentir, et la volonté énergique qu'il manifesta de rétablir Élisabeth sur le trône des tsars.

Quand le comte se sépara du P. Bonaventura, il était décidé qu'Orlof se réconcilierait avec l'Église catholique la veille du mariage qui devait se célébrer dix jours plus tard, dans l'église de Saint-François.

Nulle pompe n'interviendrait. Le P. Bonaventura donnerait la bénédiction nuptiale aux nouveaux époux en présence seulement de leurs amis.

Orlof désirait ne point ébruiter son mariage, disait-il, afin de ménager le fanatisme des Russes, et surtout pour ne point attirer l'attention sur l'entreprise qu'il allait tenter prochainement.

Aucun titre nouveau pour l'époux de la princesse : elle serait tsarine de Russie, et lui resterait comte, trop heureux de protéger sa souveraine et de veiller à sa félicité.

Les sentiments élevés que ne cessait de manifester Orlof, le désintéressement qu'il affectait, l'admiration qu'il témoignait pour Elisabeth, lui concilièrent toutes les sympathies de madame de Vigneulles et du comte de Lacy.

La comtesse restait un peu à l'écart ; Marie, l'ancienne compagne de la princesse, ne pouvait échapper à un reste de défiance, et elle fatiguait Armand de ses doutes.

Pourtant, les derniers jours qui précédèrent le mariage, elle se laissa convaincre que tout était sincère de la part d'Orlof, et que son amie marchait à une fortune meilleure.

Le veille de la cérémonie nuptiale, le comte Orlof se rendit au couvent de Saint-François, où Armand de Lacy, Ribas, madame de Vigneulles et la princesse arrivèrent en même temps que lui.

Le P. Bonaventura réconcilia le moscovite avec l'Eglise catholique, et rien ne s'opposa plus désormais à la cérémonie nuptiale.

Elle s'accomplit le lendemain, dans l'église Saint-François, en présence du comte et de la comtesse de Lacy, de madame de Vigneulles, de Ribas et des autres Italiens.

Le P. Bonaventura reçut les engagements des deux époux. En les unissant devant Dieu et devant les hommes, il croyait fermement préparer le triomphe de l'Eglise en Russie, écarter par là même les périls dont la menaçait de tous côtés l'ambition moscovite , et assurer le bonheur de la princesse Elisabeth.

Seule, Marie de Lacy, ne put se défendre d'un triste pressentiment. Elle trembla en voyant son amie au pouvoir d'un homme tel qu'Alexis Orlof , dont les mains avaient trempé dans tant de crimes.

Afin d'éloigner les idées qui l'obsédaient, elle pria avec ardeur, appelant les bénédictions divines sur la tête chérie d'Elisabeth.

La princesse entra radieuse de beauté et de joie dans son palais. Il lui semblait qu'une ère glorieuse s'ouvrait devant elle. Orlof la comblait de respects, et se montrait plus attentif encore à lui plaire qu'avant la célébration de mariage. Maintenant, il la traitait véritablement en souveraine, lui prodiguant les titres dus à sa naissance.

Le soir même de la cérémonie, Ribas et ses hommes quittèrent Rome pour se rendre à Pise, ville voisine de Livourne.

Il avait reçu l'ordre d'Orlof d'y faire préparer un palais, loué auparavant par le comte, de le meubler avec luxe, et de le peupler de serviteurs dévoués.

De plus, il était chargé de semer adroitement dans la ville la nouvelle de l'arrivée prochaine de l'héritière des tsars, afin que, dès le début, la présence de la princesse à Pise excitât l'attention publique.

Ribas avait opiné pour que le comte conduisît directement Élisabeth à Livourne; mais Orlof repoussa cette idée, alléguant qu'il était plus sûr de séjourner quelque temps dans le voisinage du port où la flotte était mouillée, afin de préparer, à coup sûr, les dernières mesures.

Le Napolitain n'insista pas, se promettant de surveiller Orlof, qu'il soupçonnait de jouer double jeu.

Il supposait que le comte rêvait à faire une réalité du complot simulé, maintenant qu'il était sûr d'occuper la première place dans l'empire sous un nouveau règne.

Tout dépendait de l'esprit de la flotte; et, comme les Russes obéissent ordinairement d'une manière aveugle à leurs chefs, Ribas croyait deviner qu'Orlof essaierait, à Pise, de pressentir l'opinion de l'état-major naval en lui présentant la princesse.

Il résolut de déjouer ces combinaisons, si telles étaient les pensées d'Orlof. L'aventurier, voyant la trame ourdie par lui arrivée au dénouement, et la récompense promise, le gouvernement de Kronstadt, assuré sous peu de mois, se dit qu'il ne gagnerait pas davantage en prenant part à d'autres plans, et que peut-être même perdrait-il tout.

Telles étaient les dispositions de Ribas lorsqu'il se mit en route pour Pise, conformément aux instructions d'Orlof.

Le comte agitait réellement dans son esprit les projets que lui prêtait le Napolitain. Venu à Rome uniquement pour y jouer une atroce comédie, tromper la princesse, et la livrer à Catherine, il avait réfléchi depuis son arrivée dans la ville éternelle.

La disgrâce de son frère l'avertissait du sort que lui réservait là mobilité capricieuse de Catherine. Les favoris se succédaient à la cour de l'impératrice, et la fortune des serviteurs les plus dévoués dépendait du bon vouloir de ces hommes hier inconnus, aujourd'hui au sommet des honneurs.

En outre, le souvenir de son crime pesait sur lui. Le grand-duc Paul, fils et héritier de Catherine, une fois parvenu au trône, n'aurait pas les mêmes raisons que sa mère d'épargner les meurtriers de son père. Il pouvait se rappeler le forfait et ordonner la vengeance.

Le sort d'Orlof dépendait donc de la vie d'une femme, sans compter les accidents de la faveur si précaire sous les gouvernements absolus.

Quelle autre destinée était la sienne, si la fille légitime des tsars recouvrait son héritage ! Élisabeth lui devrait tout et lui abandonnerait volontiers les soins du pouvoir. Par elle, il dominerait la Russie, et la succession au trône sortirait de son sang.

L'unique passion d'Alexis Orlof était l'ambition ; pour la satisfaire, il n'avait pas reculé devant le régicide ; et maintenant il se présenterait au nom du droit et de la justice.

Voilà pourquoi le comte tenait à séjourner à Pise, où, sans rien compromettre, il entourerait la princesse d'une petite cour, la présenterait aux officiers de la flotte, et jugerait des chances de succès d'un soulèvement.

Il abandonnait aux circonstances et aux dispositions de l'armée navale le sort d'Élisabeth.

L'amiral Greig était son ami et même sa créature, car c'était lui qui l'avait fait nommer au commandement de la flotte de la Méditerranée. Ribas, il le pensait, accepterait de servir ses desseins, moyennant une récompense nouvelle.

Quant aux autres officiers, qui s'étonneraient de le voir marié à une princesse du sang impérial, on leur expliquerait que Catherine l'avait ainsi voulu dans l'intérêt d'un plan qu'on leur révèlerait plus tard.

Trois jours après le départ de Ribas, Orlof annonça à la princesse et au comte de Lacy qu'il se proposait de se rendre à Pise.

— Ici, dans Rome, ajouta-t-il, nous avons à redouter les agents de Catherine. Malgré notre vigilance, un coup de poignard peut atteindre celle dont nous préparons la fortune et brisera les espérances de la Russie.

En Toscane, au contraire, nous serons sous la protection de la flotte. Nos nombreux amis ferons bonne garde.

D'ailleurs, il faut que je sois à proximité des vaisseaux pour arrêter les dernières mesures. Un palais attend à Pise celle qui, je l'espère, règnera bientôt sur les bords de la Néva. Je la montrerai aux officiers de la flotte, et quand ils l'auront vue, leur dévouement sera inébranlable,

Ainsi parla Orlof.

Le comte de Lacy et la princesse non-seulement ne firent aucune objection, mais approuvèrent complétement le séjour à Pise. Dans cette ville, ils pourraient juger par eux-mêmes des dispositions de la flotte et des chances de succès que promettait l'entreprise.

XV

LE DERNIER ACTE.

Huit jours plus tard, la princesse Tarakanof fit ses
adieux à .ome pour se rendre à Pise avec le comte
Orlof.

Madame de Vigneulles, le comte et la comtesse de
Lacy l'accompagnèrent; elle n'avait pas voulu se sé-
parer de ces vieux amis, et Orlof lui-même les avait
invités avec instance à le suivre.

Le trajet s'accomplit par terre, sans encombre.

A son arrivée à Pise, Elisabeth se trouva entourée
d'une splendeur presque impériale par les ordres
d'Orlof. ibas avait dépensé des sommes considérables pour l'ameublement du palais. De nombreux
serviteur , plusieurs dames d'honneur, tous choisis
par le Napolitain, attendaient leurs maîtres,

Bientôt Alexis Orlof donna des fêtes brillantes, aux-
quelles la noblesse de Pise fut invitée; il y présenta
la princesse comme l'héritière légitime de l'empire
russe, et la présence d'Elisabeth à Pise ne tarda pas
à se répandre jusqu'à Livourne.

L'amiral Greig et le consul anglais vinrent la visiter, et ne purent s'empêcher d'admirer sa beauté, son
air de dignité et les qualités éminentes qui la distinguaient.

La princesse, conduite par Orlof, fit des courses fréquentes à Livourne, où elle vit de nombreux officiers de la flotte qu'elle séduisit tous par ses charmes et par les grâces de sa conversation.

L'amiral, le consul anglais Dyck et sa femme, la reçurent plusieurs fois, et contribuèrent ainsi à attirer de plus en plus l'attention sur la fille des tsars. Ils la traitaient plus en souveraine qu'en exilée.

Le peuple de Pise et des campagnes voisines, convaincus par ces apparences de la présence d'une impératrice de Russie dans ses murs, se précipitait sur ses pas quand elle paraissait dans les rues ou aux environs de la ville.

Cependant Ribas avait l'œil à tout, prêt à dénoncer Orlof le jour où le comte tenterait de débaucher les chefs de la flotte russe. Il attendait patiemment, se renfermant dans une réserve pleine de défiance.

Alexis Orlof, ébloui d'abord par les démonstrations unanimes dont la princesse était l'objet, oubliant qu'il les avait provoquées, résolut de sonder Ribas, l'amiral Greig, et les principaux officiers de la flotte.

L'homme qu'il redoutait le plus était le Napolitain, car il connaissait à fond maintenant son audace, son activité, sa décision, et il comprit qu'il fallait gagner avant tout l'aventurier.

Il le prit donc à part un jour, et amena la conversation sur l'entreprise concertée naguère entre eux, et dont il était indispensable de fixer la conclusion.

— J'ai besoin de vous consulter, signor, lui dit-il, sur le parti que nous devons prendre.

— Je suis à vos ordres, Excellence, déclara l'aventurier, qui sentait parfaitement où le comte voulait en venir.

Il est temps, je le crois, de décider quelle conduite nous adopterons relativement à la princesse.

— Oui, il est grand temps.

— Si nous attendions davantage, la flotte serait capable de nous imposer ses volontés, et je ne sais si elles seraient favorables à Catherine.

— En doutez-vous? fit Ribas en regardant fixement Orlof.

— Si j'en doute? répéta le comte avec un certain trouble.

— Oui, je vous le demande.

— Mais... mon opinion est qu'il faut se fier médiocrement aux sentiments de la multitude, toujours si versatile.

— Pourtant rien n'annonce que les officiers ou les soldats veuillent trahir leur serment.

— Le serment! reprit Orlof avec un sourire amer. D'autres l'avaient prêté qui ne l'ont pas tenu.

Ribas, qui n'était pas d'humeur à discuter là-dessus et dont la résolution était arrêtée irrévocablement, ramena le comte à la question.

— Vous désiriez me consulter, Excellence? dit-il.

Je voulais savoir votre opinion sur les moyens à employer pour terminer l'affaire qui nous occupe depuis plusieurs mois.

— Vous parlez de la princesse?

— Naturellement.

— Eh bien, la question me semble d'une simplicité primitive.

— Comment l'entendez-vous?

— Mener Elisabeth sur la flotte, et tout sera dit.

— Mais elle est du sang impérial... son âge... son rang... ses qualités...

— Pierre III aussi était de la race des tsars, et le jeune Ivan pareillement, interrompit brutalement le Napolitain.

Orlof rougit et pâlit tour à tour : il se sentait deviné ; et, s'il n'eût craint d'échouer, il se serait jeté sur Ribas l'épée à la main. Mais l'aventurier le suivait du regard, ne perdant pas un de ses mouvements, et prêt à se défendre s'il était attaqué.

Le comte comprit qu'il n'y avait rien à faire avec Ribas, et que même il y avait tout à craindre de la part de cet homme, à moins d'agir au plus vite.

Orlof, qui était assis en face du capitaine, se leva pour le congédier, et lui dit d'une voix brève :

— Vous avez raison, signor : les moments sont précieux. En ajournant encore, des esprits malintentionés pourraient croire que nous trahissons la tsarine.

— Allez ; je vais m'entendre avec l'amiral Greig pour en finir.

Ribas se retira.

Quand il fut sorti, le comte, en proie à une agitation excessive, se promena longtemps dans son cabinet, ne sachant à quoi se déterminer. Tantôt il se disait qu'avec de l'énergie, et grâce à sa haute influence sur les officiers et les soldats, il réussirait facilement à soulever la flotte. Alors, se mettant avec la princesse à la tête des vaisseaux moscovites, il se

porterait rapidement dans la Baltique, et de là sur
Kronstadt, aux portes de Pétersbourg.

Une fois maître de la capitale de l'empire, il appel-
lerait les Polonais aux armes, au nom de la religion,
contre la tyrannie de Catherine, et le trône d'Elisabeth
serait élevé.

Tantôt il se représentait la résistance des équipages,
les manœuvres redoutables de Ribas, et sa situation
lorsqu'il aurait été pris la main dans la révolte, dans
la trahison.

De ce moment, il ne resterait plus de lui qu'un
proscrit, mis pour jamais au ban de la Russie.

Il se débattait au milieu de ces perplexités, causées
non par l'idée de perdre avec lui la noble femme dont
il avait obtenu la main, mais par celle d'être précipité
du rang qu'il occupait.

Le comte n'avait point encore pris de résolution,
lorsqu'un valet entra et annonça :

— Son Excellence l'amiral Greig !

— Introduis-le, ordonna Orlof.

Le commandant de la flotte était un homme mûr, à
cheveux blancs, un Anglais pur sang, depuis longtemps
au service de la Russie, et ne connaissant que les lois
de l'intérêt personnel.

— Excusez ma démarche inopinée, comte, dit-il en
s'asseyant; elle m'a été inspirée par les plus graves
motifs.

— Que se passe-t-il ? demanda Orlof avec quelque
inquiétude.

— Des rumeurs étranges circulent, à votre insu, dans
la flotte.

— Que dit-on ? fit le comte en affectant une indifférence hautaine ; sans doute quelques commérages
de vieille femme.

— Si ce n'était que cela, je me serais abstenu de
vous déranger ; mais, il faut l'avouer, les bruits qui
courent reposent sur des apparences, sinon des faits,
qui leur donnent du crédit. On vous accuse de conspirer contre l'impératrice au profit de la jeune princesse que vous nous avez présentée comme votre
épouse.

Les officiers de mon état-major et moi, nous en rap-
portant d'abord à vos explications, nous crûmes que
vous aviez agi en vertu des ordres de la tsarine...

— C'est ce que j'ai fait, interrompit Orlof, et je
puis le prouver.

— A merveille. Mais les intentions de notre souveraine ne peuvent aller jusqu'à mettre en danger la
fidélité de ses serviteurs, et c'est ce qui arrive. Plusieurs officiers et quelques soldats ont commis l'imprudence de manifester tout haut leurs sympathies
pour la princesse, déclarant que le trône des tsars lui
appartient.

Je viens donc vous prier en ami de mettre au
plutôt un terme à cette situation dangereuse.

— J'exécuterai les volontés de l'impératrice.

— Pardonnez si j'insiste, reprit l'amiral : je connais
les instructions de la tsarine.

— Ah ! vous les connaissez ? On vous les a communiquées alors, bien qu'elles dussent rester secrètes ?

— On me les a communiquées, comme vous le dites,
affirma Greig avec son flegme britannique, et je suis

convaincu que Sa Majesté ne blâmera pas celui qui l'a fait, car il n'a agi que pour le bien de son service.

Le comte reconnut aussitôt la main de Ribas. L'aventurier s'était adressé à l'amiral, afin de le forcer, lui Orlof, ou à livrer la princesse, ou à se déclarer rebelle.

Mais, forcé de comprimer sa colère et son ressentiment il s'efforça de rester calme, et répliqua :

— Soyez sûr, amiral, qu'on m'a indignement calomnié.

— Je n'en doute pas. Mais, songez-y, il est urgent pour vous de démontrer la fausseté des imputations qui s'efforcent d'atteindre votre fidélité.

Orlof se leva brusquement, et se mit à arpenter la pièce.

Il réfléchissait à la réponse qu'il donnerait à l'amiral, car elle devait être décisive.

Enfin, s'arrêtant en face de Greig, il lui dit d'une voix rauque : ´

Demain, pour midi, faites pavoiser votre navire, comme s'il s'agissait de la réception de la tsarine elle-même. Je vous conduirai la princesse, et prouverai avec éclat ma fidélité.

— A la bonne heure ! je reconnais là votre énergique résolution, s'écria l'amiral, qui se leva à son tour et serra la main du comte.

— Vous devinez, je le pense, les motifs de l'appareil que je vous demande de déployer : Elisabeth, pendant plusieurs semaines, a été présentée aux habitants de Pise et à ceux de Livourne comme une souveraine : elle s'est concilié des sympathies nombreuses, et nou devons tenir compte de l'esprit public tant qu'elle sera sur la terre étrangère.

Dès qu'elle aura mis le pied sur votre vaisseau, elle sera sur le sol russe, et il n'appartiendra plus qu'à l'impératrice de prononcer sur sa destinée.

— Il sera fait selon vos désirs, déclara Greig. Je vous attendrai demain.

Orlof n'avait plus à balancer pour sauver sa position. D'ailleurs, le crime ne lui coûtait rien : cet homme n'avait d'autre culte que l'ambition, et les plus odieux moyens n'alarmaient point sa conscience, dont le cri était étouffé depuis longues années.

Voyant qu'il ne pourrait régner sous le nom de la princesse, il ne s'occupa plus que de la sacrifier, pour se réserver le bénéfice de ce nouveau forfait.

Aussitôt après le départ de l'amiral Greig, il entra, souriant, dans l'appartement d'Elisabeth, et trouva la princesse en compagnie de la comtesse de Lacy.

— Voici d'excellentes nouvelles, Madame, dit-il en lui baisant hypocritement la main, et il ne tient qu'à vous que nos espérances ne soient prochainement réalisées.

Les matelots et les soldats de la flotte brûlent de saluer en vous le sang des tsars ; ils n'attendent que votre présence pour faire éclater leurs sentiments. L'amiral Greig, lui-même, vient de m'annoncer qu'il ne peut plus contenir leurs transports.

— Eh bien ! dit la princesse, je suis prête à me présenter à ces braves gens.

Orlof s'attendait à cette réponse.

Il ajouta :

— Alors donnez vos ordres, madame, et fixez le jour.

— Demain, sans plus de retard, à moins que vous n'y voyiez quelque obstacle.

Aucunement. A midi, si vous le trouvez bon, nous serons au rivage avec vous.

Elisabeth accepta.

Orlof ordonna tout pour la tragédie qu'il avait conçue.

Il fit entendre au comte et à la comtesse de Lacy et à madame de Vigneulles qu'à cette première présentation de la princesse aux soldats russes, il convenait de ne point admettre d'étrangers, et il promit de les faire prendre le soir.

Le lendemain, Alexis Orlof, entouré d'un brillant cortége d'officiers, conduisit cérémonieusement la princesse, revêtue de ses plus riches parures, au rivage, à travers des flots de peuple curieux.

Des chaloupes pavoisées y reçurent la fille des tsars, Orlof, l'amiral, le consul anglais et les femmes attachées au service d'Elisabeth.

Les chaloupes, suivies par les regards et les acclamations de la foule, voguèrent, au bruit des salves du canon, vers le vaisseau amiral.

La princesse fut hissée à bord dans une espèce de trône.

Mais à peine eut-elle touché le pont, que la scène changea, au signal d'Orlof.

On repoussa au large les chaloupes, on chargea de menottes et de fers les mains et les pieds d'Elisabeth, on lui déclara qu'elle était désormais sur le sol russe, et prisonnière de celle dont elle affectait tout à l'heure le trône.

On la descendit ainsi enchaînée dans un cachot de l'entrepont.

Elle invoqua en vain par ses cris et par ses larmes le secours d'un époux qu'elle ne pouvait croire complice de cet infâme guet-apens. Orlof ne daigna pas même répondre à ses gémissements, et ordonna de faire voile à l'instant pour la Russie.

Arrivée à Pétersbourg, la fille des tsars fut enfermée dans la forteresse, et traitée en criminelle d'Etat par Catherine.

Elle y languit plusieurs années, jusqu'au mois de décembre 1777, où les eaux débordées de la Néva, refoulées par la mer, s'élevèrent au-dessus du soupirail qui lui donnait du jour, et la noyèrent dans son cachot.

Ainsi s'évanouirent les espérances conçues par Radziwil d'abord, et ensuite par le comte de Lacy, d'enrayer les progrès du schisme moscovite, et de réconcilier la Russie avec la véritable Eglise.

Depuis lors, la Pologne n'a cessé d'être écrasée sous la botte des Cosaques ; la Sibérie est devenue le cimetière des catholiques fidèles ; la Russie continue son œuvre en Orient, et ne désespère pas, dans un avenir prochain, de livrer à la papauté le combat suprême, sur les ruines de l'empire ottoman.

Mais la civilisation occidentale, identique avec le catholicisme, saura, n'en doutons pas, réprimer les audaces des Barbares du Nord, venger l'Eglise et briser la rage des persécuteurs.

Le comte et la comtesse de Lacy, ainsi que madame de Vigneulles, ayant appris le funeste sort de la princesse, en conçurent une douleur mortelle. Ils rentrèrent en France, où la vieille gouvernante mourut de chagrin.

Ribas devint gouverneur de Kronstadt, où il périt dans les flots, le jour même où les complices du comte de Pahlen étranglaient dans son palais le tsar Paul Iᵉʳ, le fils de Catherine.

Alexis Orlof, comblé d'humiliations sous le règne de Paul, mourut disgracié.

LIMOGES. — BARBOU FRÈRES, IMPRIMEURS-LIBRAIRES.